Les monologues d'un hippocampe

De la même autrice

Aux éditions Le bruit du monde
Le pays des phrases courtes, traduit par Catherine Renaud, 2022

Author : Stine Pilgaard

Le passage cité en page 50 est extrait de :
Alfabet, Inger Christensen, traduction de Janine et Karl Poulsen, éditions Ypsilon, 2014

Le bruit du monde
68, rue de Rome
13006 Marseille
contact@lebruitdumonde.com

ISBN 978-2-493206-70-1
Dépôt légal : octobre 2023

Stine Pilgaard

Les monologues d'un hippocampe

Traduit du danois par Catherine Renaud

Roman

le bruit du monde

À Elsebeth Cecilie Pilgaard

Un grand merci à mon ami, Asger
Un remerciement particulier à dd.

PREMIÈRE PARTIE

Où une jeune femme parle beaucoup au téléphone, se réfugie dans le presbytère de son père, et découvre qu'elle est une proche parente de l'hippocampe.

Ma mère est d'avis que je devrais venir la voir dans sa maison d'été puisque je suis en vacances. Quel que soit l'endroit où l'on se trouve dans le pays, il est difficile de se rendre à Amtoft. Il faut d'abord prendre le train, puis changer plusieurs fois de bus, avec des lignes qui ne circulent qu'une ou deux fois par jour. Je déteste les bus bleus, je dis. Détester est un bien grand mot, répond ma mère. Je rétorque que si l'on espère voir sa famille pendant les vacances et les fêtes, c'est de la folie d'investir dans une maison de vacances à Amtoft. Elle parle du Limfjord et de la nature paisible. Je dis que les crabes du Limfjord sont réputés pour être les plus agressifs de tout le Danemark. Ma mère m'appelle ma petite chérie et me trouve trop négative. Je lui réponds que je ne fais que relayer des informations sur les mauvaises correspondances de bus et les reptiles au Danemark. Les crustacés, crie le mari de ma mère en arrière-plan. Je dis que les crabes rampent plus qu'ils ne croustillent et que ma petite amie étant soigneuse dans un zoo, je suis probablement mieux informée sur ce genre de choses. Elle dresse des otaries, pas des crabes, répond ma mère. J'allume une cigarette. Ma mère m'explique qu'il y a quelque chose qui s'appelle Google Maps sur Internet, et que je devrais vraiment essayer d'y chercher un itinéraire. Je lui assure que je connais bien Google Maps. Elle commence à l'épeler. Je dis que je sais épeler Google. Maps point com, crie son mari. P-O-I-N-T, épelle ma mère. Je prends une profonde inspiration. Ma mère craint que je ne trouve jamais mon chemin jusqu'à Amtoft et évoque mon sens de l'orientation. Comme c'est incroyable qu'on puisse être aussi perdue, sans aucune notion d'espace. Je lui demande si, à ses yeux, je suis douée pour quoi que ce soit. Elle répond que je parlais parfaitement dès l'âge d'un an et demi. D'un autre côté, le fait que je n'aie pas su marcher avant l'âge de trois ans était un peu embarrassant dans le groupe des mamans, mais bon, on aime ses enfants, quelles que soient leurs capacités. L'infirmière à domicile n'avait encore jamais vu un enfant avec des capacités motrices aussi faibles. À un moment donné, elle a presque cru que j'avais des problèmes de développement. Je ne dis rien. Allons, il n'y a aucune honte à être un peu en retard, tant que c'est sur le plan moteur, m'assure ma mère, et puis, aujourd'hui tu n'as aucun mal à marcher, pense à ceux qui sont atteints de dystrophie musculaire. Au moins, ils reçoivent de l'argent des téléthons, je rétorque. Ma mère raconte qu'elle est en train de lire un thriller fantastique. Ça a l'air passionnant, je soupire. Ma mère dit que je suis une snob, une vraie snob, et que si je tiens absolument à être aussi élitiste, peut-être que je devrais arrêter d'écouter les bons vieux groupes de pop des années 1970 comme Shu-bi-dua. Il faut être cohérent. Je réponds que je devrais aussi rester loin d'Amtoft. Arrête un peu, ma chérie, dit-elle en riant. Elle pense que cela pourrait être amusant de commencer à organiser la fête de son soixantième anniversaire. Elle parle d'invitations, de compositions florales et de plan de table. C'est dans presque un an, je lui rappelle. Dix mois et demi, précise ma mère. C'est plus long que la période entre la conception et la naissance, j'objecte, on devrait avoir le temps. Tu es bien comme ton père, soupire ma mère, toujours à la dernière minute. Elle veut que je l'appelle quand j'arriverai à Aalborg, pour qu'on se mette d'accord sur le train que je dois prendre. Je lui rappelle que j'ai voyagé toute seule en Inde pendant un an, alors je devrais pouvoir m'en sortir. Elle dit qu'on ne peut pas comparer l'Inde et Amtoft. Je lui réponds qu'elle a probablement raison. Les mères ont toujours raison, dit ma mère.

*

Avant de claquer la porte derrière moi, je lui crie qu'elle est sur le point de commettre l'erreur de sa vie. Peut-être, dit-elle, mais il n'y a rien d'autre à faire. Il y a toujours quelque chose à faire, je rétorque. Je n'ai pas envie de faire quoi que ce soit, dit-elle, je ne suis pas heureuse. On ne peut pas être heureux tout le temps, le malheur est une condition de l'existence humaine, je crie, tu n'as jamais lu Camus ? Elle explique que nous sommes à deux endroits différents de nos vies. Je lui dis que nous sommes exactement au même endroit, que je me tiens juste devant elle dans notre salon, qu'elle devrait arrêter les métaphores spatiales. N'oublie pas de respirer, dit-elle en me tendant mon inhalateur. Je lui demande si c'est lié à la question des enfants. En partie, me répond-elle. OK, d'accord, je dis, va pour un bébé. J'écarte les bras et je renverse une plante par terre. Il y a une fissure dans le pot. La patine, je dis, c'est très à la mode en ce moment, les choses n'ont pas besoin d'avoir une surface lisse, ça doit faire rustique. Elle balaie la terre tout en constatant que je ne suis pas prête à avoir des enfants. Tu te trompes, je me sens totalement prête, je peux littéralement entendre le tic-tac de mon horloge biologique, je réplique. Elle dit que ce n'est pas que ça, que c'est aussi notre différence d'âge. Mon Dieu, je m'exclame, dix ans, ce n'est pas comme si on n'avait jamais vu de couples avec un écart cent fois pire, je pourrais en citer à la pelle, Simon et Janni Spies, Joseph et la Vierge Marie, et j'en passe et des meilleures, je dis pour conclure parce que je n'arrive pas à en trouver d'autres. Là, il s'agit de nous, rappelle-t-elle. Je dis, Ulrik Wilbek a écrit un livre intitulé *Nos différences nous rendent plus forts*, tu devrais le lire. Elle rappelle qu'il est entraîneur de handball, pas spécialiste des relations de couple. Le travail d'équipe c'est le travail d'équipe, je dis. Oh, tais-toi, soupire-t-elle. Je lui demande quand elle a commencé à mettre des limites dans sa vie. Elle ne répond pas.

*

Je suis assise dans le salon de mon père. Je regarde l'église où il travaille. Quand il rentre à la maison, il a l'air fatigué. J'aimerais que les offices de minuit soient à une heure différente, soupire-t-il. J'ai mis un vinyle de Pink Floyd. *Hey you, would you help me carry the stone, open your heart, I'm coming home*, je chante en mettant mes mains en entonnoir devant ma bouche. Mon père me tapote la tête et monte un peu le volume de la musique. Je dis qu'elle doit rester avec moi, que je ne suis pas le genre de personne qu'on quitte. Mon père grogne un peu et s'assoit sur la chaise en face de moi. Il regarde autour de lui dans le salon. Mes vêtements sont dans des sacs-poubelle noirs, et j'ai accroché un poster de Karen Blixen à la place de son Asger Jorn. Mon père ouvre une bouteille de vin et pose deux verres sur la table. Je dis que putain elle ne comprend rien à la qualité ou aux femmes ou à quoi que ce soit. Il a l'air paniqué, comme quelqu'un qui pense oh non, elle va se mettre à pleurer, et il attrape un jeu de cartes. Il s'éclaircit la gorge et dit que je dois voir cela comme une chance de faire quelque chose que je n'ai pas encore eu l'occasion de faire auparavant. Je réponds que dans ce cas je veux être une droguée prostituée à Berlin et écrire un livre sur la misère et la douleur, comme Christiane F. Il nous distribue sept cartes chacun et écrit nos noms sur un morceau de papier. Alors, dit mon père, on va jouer au 500. Je dis que si c'est comme ça, je peux aussi aller me noyer dans une rivière, cela lui servira de leçon. Il dit que la mort par noyade est réputée être la pire de toutes, et il gagne une manche au deuxième tour, mais c'est facile quand on a trois jokers. Je regarde ses cartes, furieuse. Il verse encore du vin rouge dans mon verre. Mon père dit que tout a une fin. J'avale le vin en trois gorgées, je profère d'horribles choses sur les femmes tout en distribuant les cartes, et il me donne raison dans mes considérations. Cette fois, il gagne au bout de trois tours, pendant que je me retrouve avec moins 135 points. Mon père a l'air un peu inquiet. Il parle de stratégie, d'oser et de l'importance de ne pas seulement attendre l'apparition d'une carte précise. Je regarde par la fenêtre. Il mélange les cartes et dit que ce n'est pas pour me donner des conseils – sur ma relation de couple. Il parle de priorités, de compromis et de ne pas prendre l'autre pour acquis. Je lui fais remarquer qu'il a lui-même été marié trois fois. Le poète pasteur Thomas Kingo aussi, dit mon père. Il est emporté par ses propres paroles et parle de promenades en forêt, des petites attentions du quotidien et d'ouverture, c'est le plus important, l'ouverture. Je hoche la tête alors qu'il gagne pour la troisième fois, et le plus humiliant c'est son air compatissant. Il allume ma cigarette et verse davantage de vin dans mon verre. Tu n'as pas d'hosties pour aller avec ça ? je demande. Je regarde les cartons de déménagement empilés dans le salon. Il parle du fait d'être jeune, il dit que même ses jeunes confirmands à l'église lui paraissent déracinés. Le fantôme de Tine Bryld, l'assistante sociale de la radio avec son émission de conseils pour les jeunes, prend possession de son corps d'une manière qui me rend un peu nerveuse. J'enfouis mon visage dans mes mains. Il me caresse les cheveux, et j'ai l'impression d'être un chien. Un de ceux qui ont les yeux mélancoliques, comme l'épagneul de la publicité pour la confiture Den Gamle Fabrik. Je le regarde et je lui demande quel chien je serais, si j'étais un chien. Il me regarde d'un air perplexe et dit que je n'en suis pas un. Je rétorque qu'on ne peut jamais être sûr de ce genre de choses, et il me donne raison, avant d'ajouter que je serais probablement un labrador. Je vois à son expression que je dois demander pourquoi. Pourquoi ? je lui demande. Parce que c'est mon chien préféré, me répond-il en souriant. Je suppose que c'est une sorte de compliment, et le labrador sort en trottinant du salon, suivi de Tine Bryld, et il ne reste plus que lui et moi. Je lui dis que tout ce que je touche finit en morceaux. Il regarde avec effroi le verre de vin rouge que je tiens à la main. Je le regarde. C'est vraiment un bon père, je me demande si l'État le paye pour me supporter, s'il existe une allocation pour les parents particulièrement sollicités. Il dit que ce n'est pas ainsi que cela fonctionne, qu'on aime toujours ses enfants. Il fredonne une petite mélodie et me regarde dans l'expectative. Je reconnais quelques notes de la *Chanson du vieux jardinier*. Qui parle de laisser entrer la lumière et la joie.

*

Ma mère vient juste de rentrer de sa maison d'été. Elle veut me montrer un diaporama d'Amtoft. Je sais bien à quoi ressemble votre maison de vacances, je dis. Là, je suis assise dans le jardin, annonce ma mère en me montrant une photo. Sans blague, je dis. Là, nous faisons des grillades sur la plage, poursuit-elle en me montrant une photo de son mari qui sourit tout en retournant un hamburger. Aha, je dis. Quelque chose ne va pas ? me demande ma mère, je l'entends dans ta voix. Je secoue la tête et détourne le regard. On ne peut jamais rien cacher à sa mère, assure ma mère. Ses yeux brillent et elle ressemble à un détective qui doit élucider un meurtre. Je ne suis pas faite pour être en couple, j'énonce lentement. Ma mère déclare que c'est typique pour un enfant unique, que j'ai peut-être reçu trop d'attention quand j'étais petite. Ah d'accord, je dis. Elle me caresse la joue. J'ai emménagé au presbytère, je l'informe. Es-tu très malheureuse ? me demande-t-elle. Je hoche la tête. Maintenant, ma mère aussi a l'air malheureuse. En as-tu parlé avec ton médecin ? demande-t-elle. Je doute qu'il puisse la convaincre qu'elle est la femme de ma vie, je réplique. Ma mère demande si je suis devenue fataliste, et assure que le grand amour n'existe pas. C'est une construction sociale, explique-t-elle en parlant de l'industrie du film et d'Interflora et de quoi vivraient-ils sinon. Ma mère commence à calculer le nombre exact d'habitants au Danemark avec lesquels je pourrais potentiellement avoir une relation amoureuse. Elle divise mon nombre de partenaires avec le nombre d'années écoulées depuis que je suis sexuellement active. Ça fait environ 1,5 par an, annonce-t-elle, si on compte l'Arabe. Il en reste encore beaucoup, m'assure-t-elle. Elle cite des personnes de mon entourage, des amis dont elle m'a entendue parler, et propose aussi quelques célébrités qui lui semblent convenables. Elle a toujours trouvé le prince William tellement séduisant. Je lui rappelle qu'il vient de se marier. Kate est un feu de paille, dit ma mère. Elle est insignifiante. Je réponds que je refuse de discuter des raisons pour lesquelles je ne suis pas mariée au prince William. C'est une question d'attitude, réplique ma mère, il s'agit d'être ouverte. On dirait que tu essayes de me vendre un appartement, je proteste, c'est une vraie maladie professionnelle, pourquoi est-ce que tout ce que tu dis doit ressembler à un slogan ? C'est plutôt l'expérience de la vie, précise ma mère. Elle demande quels sont mes projets désormais. Aller à vau-l'eau, je réponds, ou dans un monastère, peut-être quelque part dans l'Himalaya. Ce n'est pas possible, dit-elle, tu n'as aucun sens de l'orientation, imagine comme tu trouves difficile d'aller à Amtoft, tu ne trouveras jamais l'Himalaya. Ton père et moi nous devrons alors te chercher avec Interpol et *Perdu de vue*, ou je ne sais quoi. Elle lève les yeux au ciel et poursuit : Et tu sais combien ton père est lent, nous arriverions trop tard pour tous les vols et nous nous étriperions avant même d'arriver à l'aéroport. Elle soupire et dit qu'elle voit bien que c'est la pagaille. Maintenant, le plan de table pour mon anniversaire tombe à l'eau, elle était la seule qui pouvait parler à tante Jette. Je gâche tout, je constate. Tu sais quoi, ma chérie, fait ma mère, je vais juste mettre Jette en bout de table, *kein Problem*. Ma mère ferme le diaporama. Je déteste quand les gens disparaissent de ma vie, je dis. Détester est un bien grand mot, rétorque ma mère. Elle ouvre la fenêtre et allume la hotte de la cuisine. Tu peux fumer à l'intérieur aujourd'hui si tu veux, dit ma mère.

*

Les murs de la salle d'attente de mon médecin sont jaunes, tapissés d'une multitude d'affiches bariolées de paysages, et un vase en cristal avec des tournesols est posé sur la table. À côté de moi se trouvent un cheval à bascule et deux caisses en plastique de briques de construction. Je commence à construire une petite tour sur la table. Quand il ne reste plus de briques, je fabrique un toit avec une petite brochure sur les allergies saisonnières. Je pousse par inadvertance une des briques les plus basses, la tour vacille, s'écroule et renverse le vase en cristal. Sur la table, il ne reste plus qu'une ruine abandonnée, inondée par l'eau qui s'écoule du vase. Je ramasse les tournesols et j'en fais un petit bouquet. Je tiens les fleurs dans ma main et je contemple les débris. Un homme m'observe de la réception. Il prononce mon nom sur un ton interrogatif et me tend la main. Je lui tends celle sans tournesols. Il se présente et m'invite à l'accompagner. Je le suis dans son bureau. Mon médecin s'assoit sur une chaise en face de moi et demande en quoi il peut m'aider. Je me rends compte que j'ai toujours les tournesols dans la main, et je les pose sur la table. Il va chercher une cruche blanche pour y verser de l'eau. Pendant qu'il s'occupe des fleurs, j'essaye d'imaginer comment il pourrait m'aider. Je me souviens qu'une fois, à un mariage, j'étais assise à côté d'un médecin. Mon voisin de table était oto-rhino-laryngologiste. Par politesse, je lui ai demandé quel était son diagnostic préféré. Après un long monologue, il en est arrivé à la conclusion qu'il s'agissait probablement du syndrome de Kartagener, une histoire de cils vibratiles anormaux. Ces cils sont des poils microscopiques dans les voies respiratoires, a-t-il chuchoté comme s'il partageait une information confidentielle. J'ai écrasé ma cigarette. C'est plus fréquent chez les enfants atteints de sinusites récidivantes, a-t-il expliqué. Je pensais que les Sinusites étaient un sous-groupe d'Esquimaux vivant au Groenland. J'ai alors raconté à mon compagnon de table que le baroque était une période particulièrement intéressante de l'histoire de la littérature parce qu'à bien des égards il était précurseur du postmodernisme. Il a souri poliment et m'a dit qu'il serait intéressant de faire une étude où l'on passerait le thorax des enfants aux rayons X. J'ai répondu que le thorax était une espèce de dinosaure, et je lui ai demandé s'il avait vu *Jurassic Park*. Il a ri d'un air suffisant et expliqué que le thorax était en fait la cage thoracique et que les patients atteints du syndrome de Kartagener présentent un *situs inversus*, autrement dit tous les organes internes du patient sont disposés à l'envers, comme dans un miroir. J'ai dit que justement cette histoire de miroir était intéressante. Les poètes baroques s'en servaient de manière symbolique pour montrer que le monde n'était pas unidimensionnel. Il a dit que les *situs inversus* étaient probablement dus à un fonctionnement anormal des cils dès la phase embryonnaire, connue sous le nom de gastrulation. J'ai hoché la tête et fait remarquer que les poètes baroques utilisaient de nombreux symboles de *vanitas*, pour lui montrer qu'il n'est pas le seul capable de dire des choses en latin. Les symboles étaient souvent exprimés sous forme de bulles de savon, dévoilant la nature éphémère de l'instant, j'ai développé. Il m'a regardée avec agacement, mais s'est concentré à nouveau et a expliqué que ces cils dysfonctionnels provoquent un écoulement insuffisant du liquide amniotique. J'ai dit qu'à l'instar des penseurs baroques, le postmodernisme insiste sur la fragilité de la vie, mais avec un mode d'expression très différent. Il a dit que c'était précisément ce qui pouvait conduire au *situs inversus.*

*

Mon médecin s'éclaircit la gorge et me demande ce qui m'amène. Lorsque je mens, c'est rarement pour éviter les situations embarrassantes, mais plutôt comme une sorte d'obligation narrative. J'évoque donc vaguement des douleurs au ventre, une sorte de contraction musculaire autour de mon nombril. Ça fait vraiment mal, je dis. Lorsque je lève les yeux, je suis envoûtée par son regard vert pénétrant. Il m'observe gravement et hoche la tête en rythme un peu trop longtemps. Je ressens tout à coup le besoin de lui confier tous mes secrets. Je lui dis que j'ai trompé ma petite amie une fois, mais que j'étais complètement ivre et que je le regrette depuis, et que je n'ai jamais lu *Crimes et châtiments*, même si j'ai toujours prétendu l'avoir fait. J'ajoute que, de manière générale, ça ne va pas très bien en ce moment. Il hausse les sourcils, sourit rapidement et hoche la tête en silence. Je dis à mon médecin que ma petite amie m'a quittée, et que j'ai vraiment beaucoup de mal à laisser partir les gens. J'explique que j'ai une mémoire exceptionnellement bonne qui m'empêche de tourner la page. Mon médecin dit que le transfert conscient des souvenirs de la mémoire récente à la mémoire à long terme se produit dans une zone du cerveau qui s'appelle l'hippocampe, car cette partie du cerveau a la même forme que l'animal. La mémoire est un processus créatif qui repose sur la capacité à reproduire des situations, explique-t-il, en d'autres termes, ce qui semble être un événement réel est en réalité une construction de l'esprit. Vous voulez dire que je mens ? je lui demande. Les distorsions et les omissions inconscientes font naturellement partie du cycle de la mémoire, dit-il. Je lui raconte qu'à l'âge de quatorze ans, Mozart a retranscrit la partition entière du *Miserere* d'Allegri après l'avoir entendu interpréter par le chœur de la chapelle Sixtine. Je demande si les hippocampes de certaines personnes sont plus volumineux que d'autres, et je dis que mon hippocampe est probablement gigantesque. Mon médecin explique que les souvenirs sont conservés dans deux zones différentes du cerveau, selon qu'ils ont ou non un contenu émotionnel. L'hippocampe est utilisé pour la mémoire émotionnelle consciente, tandis que l'amygdale, en forme d'amande, est le noyau du cerveau qui conserve les souvenirs implicites. Je dis qu'il doit y avoir plusieurs hippocampes en jeu. Peut-être que ce n'était pas l'amygdale de Mozart qui était surdimensionnée, peut-être que c'était celle des témoins et des sources qui ont plus tard relayé l'événement, tellement fascinés par la musicalité du garçon qu'ils ont oublié qu'il venait de changer plusieurs voix de la partie médiane, qu'il avait commis une légère erreur dans l'instrumentation ou qu'il avait légèrement modifié la cadence. Je trouve inquiétant que toute l'histoire du monde repose sur une horde d'hippocampes qui chevauchent à travers le temps. Quoi qu'il en soit, dit mon médecin, c'est pourtant comme ça. Je dis que l'hippocampe ne possède pas de système digestif, c'est pour cela qu'ils absorbent constamment tout ce qui les entoure, jusqu'à leur mort. Les femelles hippocampes sont les pires, car c'est le seul groupe parmi tous les poissons à nageoires rayonnées qui laisse les mâles pondre les œufs. Elles ne prennent même pas la peine de se reproduire.

Rien ne quitte jamais vraiment leur corps, et c'est exactement ce que je ressens, je conclus. Il dit que l'hippocampe n'est qu'un nom. Donc, à l'intérieur de mon cerveau il y a un hippocampe qui règne sur le moindre de mes souvenirs, je résume. Mon médecin hoche la tête et dit qu'on peut le dire ainsi.

*

Un soir tard, je frappe à sa porte. Elle s'écarte et me désigne le canapé, elle a l'air épuisée. Je lui dis que j'ai emménagé chez mon père. Et tes parents, je lui demande, ils doivent être contents maintenant ? Elle me répond qu'elle ne leur a pas parlé. Alors tu devrais vraiment les appeler, je dis en lui tendant mon téléphone, il ne faut jamais laisser passer une occasion de faire plaisir à ses parents, c'est écrit dans la Bible, quatrième commandement, livre de l'Exode. Elle soupire et me tend une tasse de café. Je les imagine tout à fait, j'insiste, dansant ivres de bonheur dans les champs, poussant des cris de joie vers le ciel. Peut-être même qu'ils organiseront une fête, qu'ils fabriqueront une poupée à mon effigie et qu'ils la brûleront dans un feu de joie. J'en doute, répond-elle. Arrête, je dis, ta mère est tellement créative. J'en cogne accidentellement ma tasse, et le café se renverse sur ma jupe. Je crie, la tasse tombe par terre et se casse. Elle prend ma jupe et pose une serviette imbibée d'eau froide sur mes cuisses. Crois-tu sérieusement qu'ils pourraient organiser une fête parce qu'on s'est séparées ? me demande-t-elle. Je ne me suis séparée de rien, je précise, c'est toi qui m'as quittée. J'étudie les taches rouges sur mes cuisses. Elle commence à ramasser les débris par terre. L'an dernier, ils ont bien organisé cette sorte d'étrange festival où ton père courait partout avec une épée en faisant des bruits bizarres, pendant que ta mère portait des cornes en plastique sur le front et donnait un cours de danse folklorique, je dis. Ce n'était qu'une convention viking, dit-elle. Une chose que je ne comprends pas, c'est pourquoi dans ta famille on mange du poisson à tous les grands événements, je lui demande. Vous n'êtes même pas du Jutland de l'Ouest. Vous devriez envisager le fait que c'est un symbole du Christ. Vous vous gavez de Jésus. Quand ta mère fait griller les poissons, les yeux fondent, ils coulent et tombent sur la grille, presque en rythme, tu n'as aucune idée du nombre de fois où j'ai failli vomir lors de ces réunions familiales. Elle répond que c'est ce qui arrive quand quelque chose de liquide rencontre la chaleur. Essaye d'imaginer lorsqu'elle nettoie la grille, j'insiste, elle lave la vaisselle et doit rincer les yeux de poisson dans l'évier. Et toi qui travailles au zoo. Ensuite, je parle un peu de la Société protectrice des animaux. La brûlure sur mes jambes me fait mal. Elle va chercher un paquet de glaçons, l'enveloppe dans un torchon et le pose sur mes cuisses. Elle dit que dans les ouïes des cabillauds, il y a un muscle et que si on le coupe, on peut voir exactement combien de temps il a vécu. Comme les cernes d'un arbre. Fascinant, je dis. Elle retire les glaçons et touche les taches rouges et je vois qu'elle a plongé ma jupe dans de l'eau chaude. Elle verse une poudre blanche dans la paume de sa main. Tu prends de l'héroïne maintenant ? je lui demande, avec cette toxico qui a toujours essayé de te draguer ? Vanish Oxi Action, répond-elle en soupirant. Les couleurs restent, les taches disparaissent, je récite. Ta jupe est blanche, rétorque-t-elle, il n'y a pas grand-chose qui doit rester. Je ne sais pas quoi faire de moi, je dis, tout ce que je touche tombe en morceaux, comme si j'étais un éléphant dans un magasin de porcelaine. Il n'y a rien de mal à être un éléphant, réplique-t-elle, ils sont très intelligents et ont l'une des meilleures mémoires de tout le règne animal. À l'intérieur de l'éléphant, il y a un hippocampe qui règne sur le moindre souvenir, j'explique. Elle m'enveloppe dans une couverture et me tient la main jusqu'à ce que je m'endorme sur le canapé.

MONOLOGUES D'UN HIPPOCAMPE I

À l'intérieur de mon cœur, il y a un bâtiment, un musée poussiéreux de cœurs brisés et d'amours passées. Il a de longs couloirs sinueux et une infinité de sections différentes dans lesquelles vous êtes exposés, classés par année. Vous êtes des statues de marbre vivantes, blanches comme la craie, projetant de longues ombres, et je fais bien trop souvent le tour avec agitation. Je vous examine attentivement en passant, tel un gardien fatigué qui s'efforce avec une dévotion réticente de conserver un certain degré d'ordre. Je réajuste un peu une tresse, je ramasse une partition par terre, je brosse un grain de poussière sur une épaule. Vous êtes tous figés dans la pose dont je me souviens le mieux. Toi, la tête penchée en arrière et les yeux fermés, soufflant dans ton saxophone, et toi, au milieu d'un rire, avec de la neige dans les cheveux, et toi, avec ton regard mélancolique, la main tendue vers moi. Et toi, toujours en pleurs, tes cheveux tombant sur ton visage, et toi, suspendue au milieu d'un pas de danse. Et toi, ta fléchette à l[illegible]ain, le regard sombre, concentré, et toi, avec toutes [illegible]ories sur le monde, piégée dans un geste qui vibre [illegible]t toi, muette, plongée dans tes propres pensées, le dos droit, le regard absent et un pied posé sur ton genou opposé, comme si tu te reposais sur toi-même. Et toi, dont les grains de beauté dessinent la Grande Ourse sur ta joue, avec ton sourire si grave dans l'obscurité, et toi, dans ta moissonneuse-batteuse, derrière une fontaine de maïs volant. J'essaye d'établir des systèmes, un ordre chronologique, et je pense à vous comme à une dynastie royale. Il y a une section pour les amours d'été, ceux qui sont tissés de soleil et d'impatience, et une pour les amours de Noël, provoqués par les flocons de neige et le snaps. Les autres sections sont réservées aux personnes qui m'ont prise de court et qui me surprennent encore, et à celles qui sont arrivées au mauvais moment et qui ont été occultées par d'autres, en décalage ou en même temps, durant la même saison ou période de ma vie. Elles passent d'une salle à l'autre et échappent à toute catégorie. Dans les salles adjacentes, il y a des personnes qui se demandent pourquoi elles se retrouvent ici, exposées dans mon musée. Un professeur distrait de l'université d'Aarhus, qui a passé vingt ans de sa vie à effectuer des recherches sur les phrases subordonnées, et diverses personnes que j'ai croisées à des arrêts de bus ou dans des cages d'escaliers. Les béguins involontaires à sens unique, construits sur des contemplations silencieuses et l'idée fallacieuse d'une réciprocité éphémère. Vous vous relayez ou vous vous suppléez, et la force dans mes sentiments est directement proportionnelle à mon niveau d'ennui. Et puis il y a une section VIP, une salle distincte pour la collection des quelques personnes que je ne peux même pas distinguer de moi. Vous vous saluez d'un discret signe de tête et vous savez exactement pourquoi vous êtes ici. J'aimerais m'excuser auprès de la totalité d'entre vous, confesser une fois pour toutes les choses les plus extravagantes dans un mégaphone en attendant le pardon. Ou alors, j'aimerais m'excuser auprès de vous individuellement, à voix basse et en détail, et vous exposer ainsi dans un mouvement figé qui ne pourra jamais être achevé.

J'attends ma meilleure amie, Mulle, dans le musée de plein air d'Aarhus, *Den Gamle By*, la Vieille Ville. Nous nous retrouvons dans le jardin Renaissance. Les longs cheveux roux de Mulle volent derrière elle comme la queue d'un dragon. Les taches de rousseur autour de son nez me donnent envie de relier les points pour voir quel dessin apparaîtrait sur son visage. Elle court vers moi et m'étreint avec fougue, et ses cheveux tombent sur mon visage si bien que je vois le monde à travers un voile orange. Que dit le pasteur de tout ça ? me demande-t-elle. Je lui réponds qu'il ne dit pas grand-chose, mais que nous sommes en train de jouer la plus longue partie de 500 du monde. Il en est à 7 000 points d'avance, je soupire, pourquoi gagne-t-il toujours ? Mulle me prend par la main et me tire vers un marchand de barbe à papa. C'est moi qui ai besoin de succès et d'encouragements, je souligne, mon cœur a été pulvérisé, atomisé. Mulle n'aime pas parler de sentiments, en revanche elle m'achète une barbe à papa. Et ta mère ? me demande Mulle. Elle a recommencé avec le prince William, je réponds. Ça faisait longtemps qu'il n'avait pas fait parler de lui, constate Mulle. Trois ans et demi, Mulle, je dis en levant trois doigts en l'air et en décrivant un demi-cercle avec mon pouce et mon index de l'autre main. OK, dit Mulle en me prenant les mains, où en sommes-nous maintenant ? Ce que je préfère avec Mulle, c'est son sens aigu du *nous*. Nous sommes dans la Vieille Ville, je réponds, la bouche pleine de coton rose. Je lui dis qu'elle doit arrêter les métaphores spatiales. Est-ce que nous la détestons, ou est-ce que nous voulons la récupérer ? demande Mulle. Nous ne détestons personne, c'est interdit dans ma famille, j'explique. Nous voulons donc qu'elle revienne, tranche Mulle. J'acquiesce. Mulle est ma conseillère en communication, ma propre *spin doctor* comme dans la série *Borgen*. Nous allons élaborer une stratégie, déclare-t-elle. Mulle étudie les sciences politiques et aime bien mettre les choses sous forme de systèmes et de diagrammes. Le monde entier peut tenir dans un tableau à quatre entrées, rappelle Mulle, alors, que veut-elle ? Des enfants, ce genre de choses, je réponds. Nous ne sommes pas prêtes pour ça, constate Mulle. Elle n'aura pas d'enfants, nous restons fermes sur ce point, mais tu dois faire des concessions, poursuit Mulle, puisque nous sommes au stade des négociations. Elle voudrait aussi avoir des animaux, je dis, et moi je déteste les animaux. Un poisson rouge, propose Mulle, ou une tortue peut-être, un animal qui ne fait pas de bruit. Elle veut un animal à fourrure, je précise. Si ta femme veut un animal, déclare Mulle, alors nous devons lui acheter un animal, il faut qu'elle sente que nous faisons quelque chose pour entretenir votre relation. Elle trouve aussi que je suis un peu trop intense, j'ajoute. Alors nous allons créer une version allégée de toi, réplique Mulle, nous allons commencer par fumer par la fenêtre et atténuer les moments énervants. Mais je crois qu'elle me trouve bien dans mon genre, je dis, c'est juste qu'elle cherche autre chose.

Ça, c'est déjà plus délicat, admet Mulle, en fait, ça sape toute notre stratégie de négociation. Je hoche la tête. Ça couvait probablement depuis un certain temps, dit Mulle. Je réfléchis un instant et je dis qu'on aurait peut-être dû s'y attendre. J'espérais juste que j'allais me réveiller un matin et avoir envie de toutes les choses dont elle rêve, j'explique en retirant un peu de barbe à papa de mes cheveux. Nous ne sommes même pas près d'avoir trente ans, dit Mulle, avoir des enfants est une chose que l'on fait quand on ne croit plus qu'on puisse changer quelque chose au monde, c'est le dernier combat qu'on entreprend pour donner du sens à sa vie. Elle a pris sa décision, je dis, elle ne prend presque jamais de décision, mais quand elle en prend une, impossible de la faire changer d'avis. Peut-être est-ce finalement mieux comme ça, conclut ma *spin doctor* en m'entourant de ses bras. Mes larmes dégoulinent dans la barbe à papa, on dirait de la pluie sur un paysage enneigé rose.

*

Je dis qu'en tout cas, je veux les tuyaux d'orgue fabriqués par son grand-père. Sur notre réfrigérateur est accrochée une photo en noir et blanc d'un vieil homme qui sourit. Il a une casquette à carreaux sur la tête et un morceau de bois entre les mains. Cela fait maintenant plusieurs années qu'il me sourit de sa place sur la porte du réfrigérateur. Mais tu n'as pas connu mon grand-père, dit-elle. Parfois, c'est encore plus douloureux de regretter quelqu'un qu'on n'a pas connu, je rétorque, ça donne une étrange sensation de vide de n'avoir nulle part où placer son manque. C'est quelque chose que j'avais entendu à la télévision, dans une émission sur l'adoption. Elle soupire. Je passe mes mains sur les tuyaux de l'orgue. Tu as toujours dit que tu les trouvais moches, dit-elle. Moches, moches, je rétorque, il se trouve que j'ai appris à les apprécier, donc ce serait dommage de ne pas en garder au moins un. C'est ce que qu'on fait quand on se sépare, je lui rappelle, on partage. Je lui dis qu'elle me doit quelque chose, qu'elle m'a volé trois années et demie de ma jeunesse. Imagine toutes les personnes avec qui j'aurais pu coucher durant cette période si tu n'avais pas été là, je dis. Trente par an, cinquante peut-être, si j'avais commencé à me maquiller. Alors un tuyau d'orgue, c'est le moins qu'on puisse attendre. Mais tu n'aimes pas les coups d'un soir, dit-elle avec lassitude. Ne fais pas semblant de me connaître, je rétorque, peut-être que tu ne sais rien de moi. Peut-être qu'en secret je suis une psychopathe et que je mène une double vie dont tu ne sais rien. Elle regarde par la fenêtre et dit qu'elle ne croit pas. Je suis son regard. De la fenêtre, on aperçoit un petit bout de mer. Je lui demande pourquoi pour elle tout doit toujours être si peu dramatique. C'est comme ça que je suis, répond-elle. C'est une des choses que je préfère chez elle, mais je ne le lui avoue pas. Je souffle un peu dans les tuyaux de l'orgue, et ils émettent des sons étranges. Je dis que je suis sûre que son grand-père aurait voulu que j'aie les tuyaux d'orgue. Elle répond que son grand-père aurait certainement pensé que j'étais mignonne. Elle le dit un peu distraitement, et c'est difficile de savoir si elle pense à moi ou à son grand-père. Je trouve que c'est une chose étrange à dire quand on est en train de se disputer. On se dispute ? demande-t-elle. Je décroche les tuyaux d'orgue du mur et je dis que je les emporte chez moi. Ah non, attends, je m'exclame, je n'ai pas de chez-moi. Je désigne les tuyaux d'orgue du doigt. Elle me touche le bras.

MONOLOGUES D'UN HIPPOCAMPE II

À l'intérieur de mon oreille, il y a la cochlée, une coquille d'escargot qui joue une symphonie prolongée. Une liste de mélodies, diffusées en boucle comme un concert à fort volume dans mes voies neuronales. Vous êtes les voix dans ma tête, différents dialectes et langues qui s'entremêlent et qui me parlent. Le dialecte d'Aarhus, du Jutland du Nord, de Fionie, de Copenhague, l'hindi, le norvégien, l'italien et l'arabe. Une voix rauque, le son d'un saxophone qui n'est pas le sien, ou les notes d'un concert classique dans une salle éclairée où tu aurais dû être. Le bruit de la mer et de tes pieds nus qui dansent dans les vagues à la pointe du Jutland, là où le Kattegat rencontre le Skagerrak. Tes doigts frappant le clavier, le léger bruit des coups de pinceau sur une toile, le bruit de mitraillette de tes talons aiguilles quand tu marches sur les pavés. Et toi, avec ton silence, tu es une chaîne de points d'exclamation, c'est ainsi que je pense à toi : des yeux, des mains, des points d'exclamation, du silence. Et tous vos mots et expressions idiomatiques préférés, vos métaphores et vos points récurrents, vos pauses et vos arrêts brefs, votre rhétorique et vos vérités, vos respirations et vos silences. Les bruits que font les gens quand ils tirent une chaise sur le sol, franchissent une porte, ferment une armoire. Quand ton silence est rompu par de longs monologues et que les mots liés par tes mains volent dans la pièce. Et toi, avec ton rire débridé. Les bruits rythmés forts qui deviennent une image et s'étendent sur tout ton corps. La tête que tu penches en arrière et tes lèvres qui s'ouvrent et tes yeux qui disparaissent dans des fentes étroites. Je suis tellement dépendante de ce rire que je te raconte les histoires les plus insensées, je mens et j'exagère pour faire naître tes bruits. Je te chatouille, je te mordille l'oreille, je te montre des extraits amusants de vieux films, je te lis de longs passages de livres, tout pour que ce rire se poursuive indéfiniment. Tes doigts qui tambourinent impatiemment contre la table, les grelots attachés aux centaines de tresses dans tes cheveux, le son de ta voix quand tu cries dans ton sommeil dans une langue étrangère. Des verres de whisky en étain qui s'entrechoquent, ta voix qui se brise la seconde avant que tu ne deviennes hystérique. Tes longues histoires sans queue ni tête, ce défilé soudain de chaînes de mots et ces mensonges colorés qui surgissent à la vitesse où tu les prononces. Tu parles et parles et les histoires se déroulent, ta voix monte et descend, et l'étincelle dans tes yeux, le scintillement dans tes pupilles reflètent chaque changement de ton. La façon dont tu réprimes ton rire, le fait que tu puisses rire sans bruit. Vos voix quand vous m'appelez, quand vous dites mon nom, quand vous criez mon nom, quand vous chuchotez mon nom.

Je dis à mon médecin que j'entends des voix. Il a l'air inquiet et parle de différents mécanismes d'adaptation destructeurs. J'essaye de lire le mouvement de ses lèvres, et je tente de deviner le mot suivant avant qu'il ne le prononce. C'est un petit quiz que je m'organise pour moi-même. Je suis captivée par la voix de mon médecin, et c'est la seule chose à laquelle je pense aujourd'hui, même quand il ne dit rien. Je suis constamment sur le point de le lui avouer et je suis obligée de penser à autre chose, à des fruits, à des jouets, à des souvenirs d'enfance. Il parle lentement, comme s'il pesait chaque mot, et le ton de sa voix donne l'impression qu'il chante. Il chante sur les structures cognitives. Je me demande s'il écoute le contenu de ses paroles, ou si c'est une comptine qu'il a apprise et si c'est la raison du rythme de ses phrases. Mon médecin me demande ce que les voix me disent. Je lui réponds que ce ne sont pas des phrases, mais que je suis hantée par les sons du passé. Mon médecin a l'air soulagé et me parle d'acouphènes. Il me parle d'un défaut dans les petites cellules sensorielles près de la cochlée, qui fait que les cellules commencent à envoyer des signaux erronés aux nerfs auditifs. Il chante une petite chanson sur les dommages causés par le bruit et la surdité héréditaire. Mon médecin me regarde et me demande à quoi je pense. Plus j'ai envie de parler aux gens, moins j'y parviens. Mes formulations deviennent maladroites, et j'ai l'impression de baver. Je parle selon une logique interne, j'oublie tous les agents de liaison, et rien ne sonne comme je le voudrais. Mon père possède un livre sur l'artiste Victor Borge qui s'intitule *Un sourire est la distance la plus courte*. Je suis sceptique sur les sourires, c'est la contraction musculaire la plus surestimée du monde occidental, juste après l'orgasme. Pour moi, la distance la plus courte entre deux personnes se trouve dans une phrase unique et involontaire qu'il vaudrait mieux ne pas prononcer. Je pense que je suis émue par votre voix, je dis.

*

Je suis en train de lire, assise sur un banc du Vennelystpark quand mon téléphone sonne. Bonjour, ma chérie, c'est maman, hurle-t-elle. Je pose mon livre. Elle est à Amtoft et veut que je vienne lui rendre visite puisque ce sont les vacances d'automne. Je ne te vois jamais, soupire-t-elle. Je lui réponds qu'elle exagère. Elle dit que les femmes de notre famille ont l'exagération dans le sang. L'exagération n'a rien de génétique, marmonne son mari en arrière-plan. Elle lui rétorque que ce genre de chose est impossible à déterminer, tant les jeunes gens de nos jours se moquent éperdument de leurs origines génétiques. Je dis que c'est parce que je suis une personne en bonne santé, pleinement fonctionnelle et que, après une éducation complète et une enfance excellente, je suis maintenant établie dans ma propre vie. On a toujours besoin de sa mère, réplique-t-elle. J'acquiesce, mais j'ajoute qu'elle devrait être heureuse que ce soit seulement dans une certaine mesure. Je baisse les yeux vers le lac où un jeune homme en fauteuil roulant nourrit les canards. Imagine par exemple si j'étais handicapée mentale, ou trisomique, ou paralysée de la tête aux pieds, je dis. Ma mère répond que les personnes paralysées peuvent parfaitement avoir une vie très épanouie, et que les enfants trisomiques sont tellement mignons. Je lui demande si le fait que je ne sois pas trisomique est un problème. Elle me répond que ce qui est un problème, c'est que je ne vienne jamais lui rendre visite. Il ne faut jamais dire jamais, je rétorque. Ma mère soupire. Je lui dis qu'elle devrait s'estimer heureuse que je sois une personne ordinaire qui tourne rond, avec des intérêts sains et une capacité naturelle à nouer des relations profondes. Eh bien, il semble que les relations profondes tournent plutôt carré, constate ma mère. Je lui réponds que c'est probablement parce que mes parents sont divorcés et que durant mon enfance j'ai vécu des déceptions répétées et que j'ai donc du mal à tisser des liens avec d'autres personnes. Ma mère n'est pas d'accord et dit qu'elle me manquera quand elle ne sera plus qu'une photo délavée sur un mur. Sans aucun doute, je l'assure. L'homme en fauteuil roulant s'éloigne doucement du lac, suivi par quatre canards en une petite procession. Je dis à ma mère que si elle me donne un petit portrait d'elle, je lui trouverai une place à la lumière du soleil pour qu'il s'efface le plus élégamment possible.

*

Je suis allongée sur le canapé de mon père et je regarde le feuilleton *Des jours et des vies*. Tony n'est finalement pas Tony, mais son cousin lui ressemblant comme deux gouttes d'eau qui se fait passer pour Tony depuis vingt ans. Le cousin retient Tony captif depuis tout ce temps. On ne peut vraiment plus compter sur personne dans ce monde, je dis à mon père en prenant une poignée de croustilles au fromage. Elles croquent et résonnent dans ma tête si bien que je n'entends pas. Je monte un peu le volume de la télévision. La femme de mon père tape un peu plus fort sur le piano. On peut toujours compter sur son père, objecte mon père. Je lui souris. J'essaye de manger des croustilles tout en fumant. J'avale de travers à la fois la fumée et les croustilles. C'est important d'aller de l'avant, dit mon père tout en me tapant dans le dos, il faut se remettre en selle. Je réponds que je m'y remettrai demain, mais mon père et sa femme insistent pour m'emmener avec eux à un concert. Pink Floyd Project, dit mon père, ils sont presque aussi bons que les originaux. Je lui réponds que ce n'était pas tout à fait la façon dont j'avais envisagé de passer à autre chose. Mon père demande ce que je veux faire. Je dis que je veux la réduire brutalement et sans scrupule à un souvenir. Je veux n'éprouver pour elle qu'un amour maîtrisé et bien dosé et m'autoriser un peu de nostalgie autour du Nouvel An et de brefs regards vers son visage quand je serai ivre. Ce qui est souvent le cas, constate mon père en allumant sa pipe. Elle apparaîtra dans mes souvenirs au même titre que d'autres événements, et je dirai que ce qui ne nous tue pas nous rend plus forts et les gens autour de moi me donneront raison et penseront que je gère les choses de manière très raisonnable, je poursuis. Mais bien sûr, commente la femme de mon père. Je dirai qu'on est soi-même maître de son bonheur, et qu'il faut profiter de sa jeunesse, et je le dirai de la même manière évidente qu'on dit à tes souhaits quand quelqu'un a éternué, de cette façon automatique et par pure gentillesse, je conclus. Ça semble un bon plan, dit mon père, mais entre-temps, rien ne nous empêche d'aller au concert. La femme de mon père éteint la télévision, me tapote la joue et dit qu'il faut que je sorte un peu.

*

Je me tiens un peu à l'écart de mon père et de sa femme et je les regarde se balancer ensemble au rythme de la musique. Un jeune homme s'approche et me demande si j'ai envie d'une bière. Mon père se redresse et vient lui serrer la main. Le jeune homme demande s'il peut s'asseoir à côté de moi. La femme de mon père dit oui. Le jeune homme dit que j'ai de beaux yeux. Mon père acquiesce. Je dis que son commentaire est peu crédible, étant donné le mauvais éclairage. Mon père sourit au jeune homme et tambourine sur son verre avec trois doigts. La femme de mon père me pousse du coude et dit que ce jeune homme a l'air mignon. D'une certaine façon, j'aime bien qu'elle ne chuchote même pas. C'est un homme, je dis. C'est une personne, réplique la femme de mon père, n'es-tu pas humaniste ? Tous les humanistes détestent les gens, je rétorque, ils n'aiment que l'idée. Le jeune homme sourit, d'un air perdu. J'espère qu'il est très ivre. Il m'entraîne un peu plus loin, tout en disant que mes parents sont cool. Très cool, je confirme. Il demande si j'ai envie de boire un café avec lui la semaine prochaine, en précisant qu'il n'a pas d'arrière-pensées. Je dis que c'est suspect de dire qu'on n'a pas d'arrière-pensées. De la même manière qu'on ne peut pas dire articuler sans articuler. Mon père se racle la gorge et explique que j'ai toujours été très intéressée par la langue. La femme de mon père trouve qu'il n'y a pas de mal à aller boire un café. Je rétorque que j'ai une fois entendu parler de quelqu'un qui s'est étouffé en buvant son café parce qu'il l'avait avalé de travers. Mon père dit que ce genre de choses n'arrive que rarement. Mais on ne sait jamais, j'insiste, c'est un risque.

*

Le jeune homme m'appelle quelques jours plus tard et me dit que c'était sympa l'autre soir, et qu'il aimerait apprendre à mieux me connaître. Je ne crois pas que ce soit ce que tu veux vraiment, je réponds lentement. Une sonnette d'alarme retentit en moi. Je ne lui dis pas que je n'ai jamais envie de tresser mes cheveux et d'enfiler un tablier à fleurs. Je pense que je m'occuperais de lui s'il était malade, comme Florence Nightingale. Je lui préparerais du thé, lui achèterais des fleurs et des cigarettes au menthol, même s'il ne fume pas, en disant que la nicotine engourdit les cils de la gorge et peut calmer n'importe quelle toux. L'été, je ferais des barbecues avec lui dans le jardin, et il dirait, je t'aime, à intervalles réguliers quand la situation s'y prêterait, et je dirais, tu te rends compte comme il pleut aujourd'hui, ou je lui demanderais l'heure qu'il est. Dans les moments particulièrement sentimentaux, je sentirais un besoin de lui faire une ribambelle d'enfants. Ensuite, j'écraserais leurs châteaux de sable à la plage, tout en riant à gorge déployée et en criant que le père Noël n'existe pas, les privant ainsi de leurs croyances enfantines. Et mes enfants me fabriqueraient des bricolages en secret qu'ils emballeraient et m'offriraient à Noël, les yeux brillants, et je dirais, qu'est-ce que vous voulez que je fasse de davantage de sous-verres, c'est trop bourgeois, quelques taches ne font pas de mal à la table, c'est de la patine, vous savez. J'oublierais de préparer leurs déjeuners à emporter à l'école, et il engagerait au pair une jeune fille d'Europe de l'Est, qui s'appellerait sûrement Milagros, et que les enfants commenceraient à appeler maman au bout de quelques semaines. Lors des réunions parents-professeurs, je m'ennuierais à mort et je me plaindrais de l'interdiction de fumer, et il préparerait un gâteau à la courgette et serait un membre actif de l'association des parents d'élèves et me tiendrait la main pendant que je lorgnerais les seins des autres mères. Je flirterais sans complexe avec les parents des camarades de jeu de mes enfants et je leur proposerais de prendre un verre de vin pendant qu'ils jouent et quand il rentrerait, il nous trouverait en train de faire des galipettes sur le canapé. Un dimanche matin, je les quitterais tous. Il serait effondré, mais Milagros y verrait la chance de sa vie afin d'obtenir un permis de séjour permanent, et un an après, ils se marieraient. Je les traînerais devant le tribunal en disant qu'il n'était pas digne de confiance, et j'insinuerais que Milagros était une droguée, vous savez, ces filles d'Europe de l'Est, et j'obtiendrais la garde parentale exclusive en un instant. Ensuite, je m'enivrerais à mort pendant que les enfants passeraient leur vie dans un foyer. Il prononce mon nom au téléphone. Je coupe la communication.

MONOLOGUES D'UN HIPPOCAMPE III

À l'intérieur de mon diaphragme, il y a une discothèque. Vous dansez sur mes côtes inférieures, vous vous appuyez sur ma colonne vertébrale pendant que vous conversez, un verre à la main. Peut-être échangez-vous des anecdotes et vous vous dites, oui, on voyait bien déjà qu'elle était fille unique, elle se fâchait toujours si je le lui disais, ah, toi aussi tu n'as reçu que des livres en cadeau d'anniversaire, oui, les œuvres complètes de Tove Ditlevsen, je les ai eues aussi. En viendriez-vous aux mains, ceux d'entre vous qui étiez avec moi en même temps, ou danseriez-vous le tango et vous pencheriez-vous l'un sur l'autre avec abandon, après toutes ces années à me supporter? Comme les gens qui sont témoins du même accident de la route ou qui ont combattu dans la même guerre et donc sont amis pour la vie. Ou parleriez-vous de moi avec une gentillesse affectée, comme on parle de ceux qui sont morts? Y aurait-il des chansons rimées ou des petits sketchs en mon honneur? Boiriez-vous du gin-tonic pour des raisons sentimentales et danseriez-vous sur les tubes danois des années 1980 d'Anne Linnet? Nous nous sommes lancés en travers du tréfonds de ton univers, chanteriez-vous. Pourtant je sais bien que vous finiriez par écouter Bob Dylan ou Leonard Cohen ou Miles Davis ou qui que ce soit sur qui vous n'arrêtiez pas de radoter, car vous prenez la musique très au sérieux, et vous avez l'air très sérieux quand vous dites que vous prenez la musique très au sérieux, et il est si facile de trouver une mélodie accrocheuse. Vous parleriez de musicalité, d'intemporalité, de poésie et vous ririez d'un rire aigu élitiste et vous échangeriez sur combien il était frustrant que je ne le comprenne jamais. Je pense à quel point vous vous ressembliez, à la fois vous qui m'avez connue un court instant, et vous qui m'avez longuement captivée. D'une certaine manière, ce serait une étrange fête, car vous parlez, pour la plupart, beaucoup moins que moi. Vous erreriez tous un peu en cercle en attendant que quelqu'un entame une conversation, et au début je vous manquerais, comme un bruit de fond sans importance ou comme la muzak dans un supermarché. Le pire sera bien sûr quand vous commencerez à comparer vos piles de lettres d'amour et découvrirez qu'elles disent toutes plus ou moins la même chose, et pas toujours de manière différente, puisque certains passages sont de simples copiés-collés. Je me demande combien de personnes seraient présentes à cette fête, et je crains que nous n'approchions peut-être la centaine. Certains parmi vous me rendent toujours heureuse, d'autres me rendent mélancolique, et d'autres me mettent toujours en colère, pendant que vous vous promenez au rythme de mon diaphragme. Des guirlandes de nerfs sont accrochées à mes ligaments phréno-péricardiques, de mon diaphragme jusqu'à mon péricarde. Votre silence se dissipe rapidement, les bouteilles de gin se vident, vous chantez en karaoké bras dessus bras dessous. *Respect*, vous chantez, et *I Will Survive*, et vous vous sentez forts et invincibles, parce qu'une boule à facettes est accrochée au péricarde et que vous dansez le boogie-woogie dans la lumière pulsative, comme un amalgame de couleurs floues, et pour finir je ne parviens plus à vous différencier.

Je suis allongée dans le jardin de ma mère. Les feuilles volent dans les airs et atterrissent brièvement pour se reposer sur le trottoir comme un tapis rouge taché de brun. Ma mère trottine autour de moi sur la pelouse et déplace de grandes montagnes de couleur tout en chantonnant. Tu ne pourrais pas écrire une carte d'anniversaire pour tante Jette ? me demande-t-elle. Je me lève et je prends une cigarette. Ma mère écarte la fumée avec des mouvements frénétiques même si je ne l'ai pas encore allumée. Elle dit combien ma tante Jette serait incroyablement contente de recevoir une carte d'anniversaire. Ma mère précise qu'elle le sait parce qu'elle est pareille, puisque ce sera aussi bientôt son anniversaire. C'est dans huit mois, je soupire, on croirait entendre une gamine. Ma mère me rappelle toutes les cartes d'anniversaire que ma tante m'a envoyées au fil des années. Je lui réponds que les cartes d'anniversaire ne sont pas des arguments valables. Quand même, insiste ma mère. Je dis que je me souviens bien de ces cartes d'anniversaire, toujours remplies de descriptions interminables des oiseaux sur la terrasse de ma tante. Ma mère explique que les personnes qui n'ont pas d'enfant doivent cultiver d'autres intérêts. Je lui rétorque qu'on peut aussi le faire même si on a des enfants. Ma mère parle un peu de ma tante, qu'elle aussi trouve un peu bizarre. Je lui dis que c'est vrai, que cette histoire d'oiseaux semblait presque un peu malsaine, et que je déteste les cartes d'anniversaire avec des oiseaux et les oiseaux en général. Ma mère dit que détester est un bien grand mot. Elle continue à parler des femmes sans enfant qui sont seules, et je déclare que je vais écrire une carte d'anniversaire à ma tante. Sur la carte, il y aura une grande photo d'oiseau et je vais dessiner des oiseaux sur l'enveloppe à la place des petits drapeaux d'anniversaire, et à l'intérieur je déposerai un oiseau mort, comme la mafia italienne. Non, maintenant tu es vulgaire, ma chérie, objecte ma mère. C'était du poisson, crie son mari par la fenêtre de la cuisine, ils envoyaient du poisson mort. Je n'ai jamais aimé le poisson, moi non plus, dit ma mère. C'est un symbole du Christ, je rappelle. Ma mère trouve que je parle comme mon père. Pourquoi es-tu toujours aussi bizarre, ma chérie ? me demande ma mère. Au moins, je ne suis pas végétarienne, je réplique. Non, tu manges de façon tellement malsaine, constate ma mère, tu as un rapport inquiétant à la nourriture. Je lui réponds que le mot nourriture est un bien grand mot. Ma mère soupire et dit qu'on aime toujours ses enfants, peu importe comment ils sont. Je réponds que ce genre d'expression est réservé aux mères de criminels et de toxicomanes. Elle dit que fumer aussi est une forme de drogue.

*

Mulle et moi buvons une bière dans la Petite Auberge de la Vieille Ville. Ma mère trouve que je ne fais que me plaindre, mais ce n'est pas le cas, je dis. Un peu quand même, constate

Mulle, tu as un certain talent pour faire part de ta souffrance au monde entier. N'importe quoi, je proteste. C'était la même chose quand nous étions petites, rappelle Mulle, tu faisais toujours des scènes énormes quand tu devais arracher un pansement. Mulle commence à retirer un pansement imaginaire de son genou. Tu attrapais délicatement l'extrême bord du bout des doigts et les minutes s'allongeaient pendant que tu tirais et que tu prolongeais le temps le plus possible, en rythme avec le pansement qui déchirait la peau par petits à-coups. Aïe, aïe, aïe, que le monde est cruel, gémit Mulle avec une voix de bébé en se frottant le genou. Le moindre petit poil sur ta peau était lentement arraché et tu faisais autant de pauses que possible pour pleinement profiter de la durée de ta douleur, continue Mulle en tirant et tirant en l'air au-dessus de son genou. Pendant ce temps, le pasteur s'arrachait les cheveux de désespoir et te gavait de chocolat pour te consoler. Et ma mère essayait de trouver quelqu'un pour m'adopter, je dis. Mulle se désigne du doigt. Moi, j'arrache toujours les pansements d'un coup sec, fait Mulle en agitant les doigts, comme ça, c'est réglé. C'est justement pour ça que tu as une vie plus facile, je constate. C'était la même chose avec la fée des dents, insiste Mulle. As-tu toujours besoin de te référer à ce genre de créatures comme si elles existaient ? je lui demande. Nous autres, nous enroulions un fil de couleur autour de nos dents qui bougeaient et nous les arrachions, dit Mulle, et zou. Elle tire un peu sur sa dent de devant. Gorgés de confiance, nous les mettions dans un verre sur notre table de chevet et nous attendions la fée des dents et une nouvelle dent, la vie peut être aussi simple que cela, conclut Mulle. J'étais bien trop intelligente pour attendre ce genre de chose, je dis. Tu étais désillusionnée dès l'âge de cinq ans, constate Mulle. Tu te promenais pendant des mois en touchant ta dent qui bougeait avec ta langue, en sentant les petits bouts de chair de ta gencive qui la retenaient attachée dans ta bouche. Aïe, aïe, aïe, Mulle, je crois que je vais mouriiiir, hurle Mulle avec sa voix de bébé. Je ne suis plus comme ça aujourd'hui, je proteste, j'affronte les défis de la vie la tête haute. C'est seulement parce qu'il ne te reste plus de dents de lait, rétorque Mulle. En revanche, j'ai le cœur brisé, je réplique en montrant ma poitrine. Sans aucun doute, dit Mulle.

*

Je l'appelle au milieu de la nuit. Elle est en ville. Je trouve que c'est intéressant, je dis, sachant que ça fait deux ans que tu n'as pas eu envie d'aller en ville. Je croyais que les gens de plus de trente ans allaient à des dîners entre couples et parlaient de leurs gouttières, de leurs emprunts et de péridurale. Tu dois être désespérée, à ce que je vois. Elle est en ville avec Joy. Joy était une toxico, je constate. Joy n'est pas du tout celle qu'il te faut. Nous sommes juste sorties boire quelques bières, soupire-t-elle. En plus, je pense que c'est très trompeur de s'appeler Joy, quand on a tellement de problèmes, je poursuis, imagine-toi t'appeler Joy et devoir prendre la pilule du bonheur, c'est tout un paradoxe. Elle dit que ses parents ne le savaient pas quand ils ont choisi son prénom. Elle prend une profonde inspiration. Je sais que maintenant elle est agacée de s'être lancée dans cette discussion. Je dis que ce n'est pas interdit d'aller voir un numérologue et de trouver quelque chose de plus approprié. Je propose Lizzy. J'entends une femme rire aux éclats dans le fond. Elle est ennuyeuse aussi et n'a aucune imagination, j'insiste, c'est presque rassurant qu'elle se soit droguée, ça montre une certaine forme d'initiative, une saine curiosité si on veut. Nous jouons juste au Yahtzee, répond-elle, l'air fatigué. Elle me demande comment je vais. Je lui réponds que c'est drôle qu'elle pose la question, que je ne vais pas très bien parce que ma petite amie m'a mise à la porte et se trouve en ce moment même en train d'essayer de se taper une droguée sans imagination. De jouer au Yahtzee avec une droguée sans imagination, corrige-t-elle.

*

Mon médecin a l'air effaré lorsqu'il voit mon visage le lendemain matin. Le pire, c'est le nez, je lui dis. Ma voix est nasillarde. Il le touche un peu et me répond qu'il est probablement cassé et que la douleur est probablement due à un coup à la racine de mon nez. Ou au rythme lancinant de tous mes désirs, je dis. Il me demande comment c'est arrivé. Je marmonne quelque chose à propos d'une toxicomane. Il me regarde gravement et me demande si j'ai porté plainte. C'était peut-être ma faute, je lui réponds. Mon médecin prend alors un air paternel, et dit qu'il est fréquent pour les victimes de s'accuser elles-mêmes. Il demande si cela s'est produit dans le cadre d'un vol. En quelque sorte, je réponds, elle a essayé de draguer ma petite amie. Mon médecin s'adosse à sa chaise et me regarde longuement. J'observe son tapis. Il est bleu avec des rayures rouges. Votre petite amie ne vous a-t-elle pas quittée ? me demande mon médecin. C'est une question de définition, je réponds, il n'y a que rarement une seule réponse. Je parle un peu de constructivisme social. Mon médecin m'explique qu'on ne peut pas forcer les gens à avoir une relation amoureuse s'ils n'en ont pas envie. Les gens ne savent pas toujours ce qui est le mieux pour eux, je rétorque, pensez aux personnes qui boivent jusqu'à la mort, ou aux fumeurs qui détruisent lentement leurs poumons. Il hausse les sourcils et dit que quoi qu'il en soit, il existe quand même quelque chose qui s'appelle la maîtrise de soi. Je cite un passage du poème d'Inger Christensen, en l'adaptant à la situation : Les nez existent, la morelle noire existe, le côté sombre, la cape de l'anonymie existent. Il demande si elle a porté plainte. Je secoue la tête. Il sourit un peu et dit que je pourrais peut-être plaider la folie passagère au moment des faits. Ou juste la folie passagère, je dis. Il me tapote légèrement sur le nez et dit qu'il faut me reposer maintenant.

MONOLOGUES D'UN HIPPOCAMPE IV

À l'intérieur de mon plexus solaire, il y a une bibliothèque avec des crânes alignés sur les étagères. Ils ont toujours l'air de rire, et c'est ainsi que je pense à vous, des démons rieurs tapant et martelant mon corps. Vous êtes la somme de toutes mes défaites, vous êtes tous mes sentiments de culpabilité accumulés. Vous défilez en rangs serrés sur tous mes points sensibles et vous bougez au rythme de ma douleur. Vous criez dans ma tête quand j'ai la gueule de bois. Vous faites des nœuds avec mes trompes de Fallope lorsque j'ai mes règles, et vous faites des galipettes dans mon ventre quand j'ai une intoxication alimentaire. Vous êtes le liquide jaune de mes conjonctivites, et mes amygdales gonflées quand je perds ma voix, et vous vous réjouissez de mon silence soudain. C'est vous qui avez élu domicile dans mes dents de sagesse et qui dansez sur mes bleus, c'est vous qui admirez la fontaine de sang chaque fois que je me coupe avec un couteau. Vous êtes la nausée quand j'ai le mal des transports, et la sensation d'étouffement pendant mes crises d'asthme, et vous êtes les grosses ampoules sur mes pieds lorsque j'achète de nouvelles chaussures. Je vous déteste tous, systématiquement et par ordre alphabétique, mais les chagrins s'imbriquent les uns dans les autres, et je n'arrive plus à distinguer si je vous déteste vous, ou moi-même, ou juste nous tous ensemble. Toi, avec ton regard blessé qui m'a donné mal à la tête, toi avec ce trait d'amertume au coin des lèvres quand tu es vexée, et toi qui n'as jamais divorcé. Toi et tes petits verres de vinaigre censés chasser l'odeur de la cigarette, et toi avec tous tes beaux rêves et la façon dont ils s'évanouissent lentement. Toi et tes petits yeux confiants qui me rendaient si nerveuse, et toi qui descendais toujours du bus quand j'avais enfin trouvé quelque chose à te dire. Et toi qui disais que j'étais bien plus belle quand je me maquillais, et toi qui prenais toujours des photos de nos repas en vacances. Ta voix douce quand tu parlais de ta femme, et toi qui affirmais sans cesse que crier ne donne pas pour autant raison. Bien sûr que si. Et toi qui veux toujours parler de sentiments pendant que je lis, et toi qui ris de choses qui ne sont objectivement pas drôles, et toi qui n'as jamais rien critiqué. Et toi qui dis que les paroles des chansons d'Anne Linnet sont banales – ne l'es-tu pas toi aussi –, et cela me rend folle quand tu regardes le saut à la perche aux JO, cela me rend folle que le saut à la perche t'intéresse tout court. Et toi qui te réfères à des livres que, je le sais bien, tu n'as pas lus. Les notes tendres dans ta voix quand tu parles avec les chiens et, en général, le fait que tu parles aux animaux comme s'ils étaient des êtres humains. Toi qui souris et souhaites bonne chance à des gens que tu ne connais pas, et toi qui ne m'appelles jamais, me privant ainsi de pouvoir ignorer tes appels. Et toi qui articules rigoureusement chaque mot et parles plus fort aux gens d'origine étrangère, et qui, quand je te le fais remarquer, me reproches de t'accuser de racisme. Et toi qui répands des évidences sur les choses de la vie en pensant que c'est révolutionnaire, par exemple que tous les gens sont différents, ou que tout peut être de l'art. Et toi qui dis que j'ai une attitude immature envers les jeux de société, que l'important c'est de participer et qu'il s'agit de s'amuser : c'est tellement facile à dire quand on a un hôtel sur Rådhuspladsen, la place la plus chère au Monopoly. Et toi qui me rends folle avec ton renoncement inspiré du bouddhisme et ta foi inébranlable dans le fait que tout arrive pour une raison. Vous êtes tous mes insécurités, vous êtes tous les assiettes que j'ai cassées de rage, vous êtes tous les bancs fraîchement peints sur lesquels je me suis assise, et tous les verres de vin rouge que j'ai renversés sur des nappes blanches. Vous êtes la sensation d'étouffement la seconde avant de vomir, et vous êtes le morceau de musique entêtant que tu répétais trente-cinq fois par jour. Vous êtes toutes les conversations épuisantes sur vos attentes dans les relations de couple, et vous êtes l'intonation criarde de ta voix qui s'amplifie à mesure que la colère grandit. C'est votre faute si j'avance à reculons en criant à travers le monde. Si je ne peux pas contrôler les bruits que je fais, si je fais tout tomber et que je me heurte aux gens, aux choses et aux phénomènes. Si je tourne en rond, si toutes mes expressions sont criées et déformées dans la lumière des néons, si même mes chuchotements résonnent comme le tonnerre, et si tous mes sentiments sont débridés et luminescents. Si je suis le reflet de mes pensées, si je suis née à l'envers, si mes entrailles traînent par terre quand je marche et laissent des traces sanglantes dans les rues, dans les maisons, sur les meubles et dans les lits. C'est votre faute.

DEUXIÈME PARTIE

Où Noël approche dans le vieux presbytère, et notre héroïne aspire à des climats plus chauds tandis qu'elle fantasme sur Thomas Kingo, harcèle son médecin et continue de s'enfoncer dans l'abîme.

Nous sommes dans un magasin de Strøget, la grande zone piétonne d'Aarhus. Je dois me trouver une nouvelle tenue pour le mariage de ma cousine. Je ne le ferai pas, je décrète, je ne participerai pas à ce genre d'hypocrisie, je refuse de soutenir l'institution du mariage. Ma mère me dit que je suis puérile, que ce n'est pas parce que je rencontre des difficultés en amour que ma cousine ne mérite pas de se marier. Le mariage est une ambition folle, je dis, l'idée qu'une personne puisse se lier à une autre personne est utopique, et toute tentative sérieuse en ce sens m'apparaît stupide. Ma mère me pousse dans une cabine d'essayage et pose une pile de robes sur un tabouret. Elle se poste à côté de moi et nous regarde dans le miroir. Elle dit que c'est incroyable ce que je ressemble à mon père. La seule différence est que ton père ne porte que des robes noires et que tu n'as pas de barbe, dit ma mère en riant. Elle trouve cela hilarant chaque fois qu'elle le dit. Et le peu que tu as ne se remarque pas, ajoute ma mère, tant qu'on ne regarde pas de trop près. Ma mère pense que nous descendons certainement d'une famille de gitans, ce qui expliquerait notre pilosité abondante et que je devrais juste me réjouir de ne pas avoir hérité de ses cheveux noirs et de ses yeux bruns. Les gens la prennent souvent pour une Pakistanaise ou une Turque et la félicitent pour son danois correct et pour son ouverture d'esprit parce qu'elle ne porte pas le foulard. J'essaye une robe orange. On dirait de la vraie soie, dit ma mère en boutonnant la robe dans mon dos. Plutôt de la mousseline de soie un mauvais jour, je marmonne. Aujourd'hui est un bon jour, réplique ma mère. Elle me fait tourner sur moi-même et m'observe d'un air critique. Je prends une robe violette sur un cintre, elle est courte et il y a des clous sur la ceinture qui va avec. Ma mère dit qu'elle aussi à mon âge avait un goût vestimentaire horrible. Elle le dit d'un air songeur, comme si elle s'adressait à elle-même, tout en m'observant. Ma mère dit que c'est tout à fait naturel et que le style est quelque chose qui vient avec le temps. Elle me tourne autour. Elle pense que je devrais essayer de mettre en valeur ma féminité. Ce n'est pas parce qu'on n'a pas de hanches qu'on ne peut pas être chic, dit-elle. Une fois, je lui ai lancé un livre à la tête, mais je n'avais pas l'intention de la toucher. Quand elle raconte cette histoire, on a l'impression qu'il s'agissait d'un pavé de roman russe, mais en réalité, c'était un tout petit recueil de poèmes d'Henrik Nordbrandt, *Le Dragon de mer feuillu*, je crois. Imagine, être attaquée par un dragon, insiste ma mère quand je le lui fais remarquer.

*

Le lendemain matin, mon père me réveille. Grethe est malade, dit-il. Je regarde le réveil, il est un peu plus de dix heures. C'est le milieu de la nuit, je gémis. J'ai un mariage à célébrer à quatorze heures, dit mon père. Son front est plissé d'inquiétude. Non, je réponds, juste non. Grethe est la soliste de son église. Tu as une si belle voix, plaide-t-il. Non, je réponds, j'ai la gueule de bois. Tu connais tous les cantiques par cœur, insiste-t-il, tu chantes comme un ange. Est-ce qu'il n'existe pas une agence d'intérim musicale que tu pourrais contacter ? je demande avant de me tourner de l'autre côté. Mon père commence à évoquer le temps où je participais à la chorale de l'église. Je lui dis que je trouve vraiment incroyable que mon cœur brisé ait inspiré autant de gens à se crier oui dans des églises ces derniers temps. Je me rendors. Mon père revient quelques minutes plus tard avec une tasse de café et deux tranches de pain grillé. Sa femme le suit et pose sur le lit une robe noire et un livre de cantiques. C'est de la manipulation, je dis. Oui, admet mon père. Pourquoi ne peux-tu pas être ingénieur, comme tous les pères normaux ? je lui demande. Tu ne pourrais pas chanter, toi ? j'ajoute en regardant la femme de mon père. Non, répond mon père, elle est organiste. Qu'y a-t-il de mal à être multitâche ? je demande, pense à Elton John. Je me rallonge et je fixe le plafond. J'ai été abandonnée, je lui rappelle, ce que tu fais là, c'est du mépris envers mon cœur brisé. Non, répond mon père, c'est une cérémonie de mariage. Il regarde sa femme. Ce n'est qu'une cérémonie de mariage, confirme-t-elle. Je vais bientôt trouver un autre endroit où habiter, je dis. La femme de mon père hoche la tête. Je m'assois dans le lit. Que c'est booon de vivre ensemble…, je hurle dans la pièce le début du chant nuptial. La femme de mon père va chercher son piano électrique et s'assoit au bord du lit. Elle joue quelques accords. Tout ne tourne pas autour de toi, dit-elle. Je chante les deux premiers couplets. Elle me sourit et dit qu'on aura de la poitrine de porc avec une sauce au persil ce soir. J'atteins le quatrième couplet. Que c'est triste de se séparer, je chante avant d'éclater en sanglots. Allons, allons, me console la femme de mon père, je suis sûre que tu vas te marier de nombreuses fois. Mon père se tient dans l'encadrement de la porte, l'air satisfait. Ça va être très bien, dit-il.

*

Mon médecin a l'air grave aujourd'hui. Il dit que la confiance est importante, que c'est la base de toute relation. Je veux bien parler avec toi, explique mon médecin, mais il me semble que tu évites autant que possible les sujets qui t'ont amenée ici. Je souffre juste d'associations flottantes, je dis. C'est important de faire confiance à son médecin, insiste mon médecin. Je hoche la tête. Je pense au médecin britannique Harold Shipman qui assassinait systématiquement ses patients. La confiance, répète mon médecin en me regardant. Je rétorque qu'il n'a qu'à penser à Struensee. Un simple médecin à la cour du Danemark, qui a fini par séduire la reine Caroline Mathilde et, comme si cela ne suffisait pas, qui a pris le contrôle du royaume après avoir déclaré Christian VII fou. Mon médecin me regarde. Il a l'air fatigué. Son silence est sur le point de me rendre folle. Je décide de faire un pas dans son sens. Les médecins ne sont que des êtres humains, je dis. Il acquiesce. Je regarde mon médecin. J'aimerais qu'il bouge ne serait-ce qu'un seul muscle de son visage. Je dis qu'il y a aussi des exemples de circonstances atténuantes, et je mentionne le poète Emil Aarestrup, qui travaillait comme médecin de campagne. Serre-moi plus fort dans tes bras ronds, je déclare. Mon médecin a l'air nerveux. C'est une citation, j'ajoute rapidement, tirée d'un poème qui s'intitule *Angoisse*. Mon médecin a l'air soulagé. J'explique que les impératifs fonctionnent bien, les symboles de la nature un peu moins bien, et que la légère rupture métrique dans la deuxième strophe symbolise la fragilité et tout ce qui est éphémère. Je frappe la cadence du poème dans mes mains. On ne peut même pas se fier au rythme, je conclus. Il laisse entendre que je m'écarte du sujet. Je regarde par la fenêtre et me joins à son silence. Mon médecin s'éclaircit la gorge et prononce mon nom. Il semble effaré quand il voit que je pleure. Il bondit de sa chaise et court à son lavabo prendre trois paquets de Kleenex tout en répétant mon nom plusieurs fois à la suite. Il les pose en tas devant moi et dit qu'il en a d'autres dans son tiroir. Pendant une fraction de seconde, mon médecin me rappelle tous les hommes que j'ai jamais connus, et je pense qu'il doit toujours emporter un parapluie en cas de pluie, voire deux si jamais le premier se cassait. Il se dandine sur sa chaise, mal à l'aise, et regarde les mouchoirs, impuissant, et je soupçonne qu'il aimerait inventer un remède contre les larmes des femmes. Il me demande si je veux un verre d'eau. Je dis non merci, mais il prend un petit gobelet en plastique et ouvre le robinet. Quand mon médecin me tend le gobelet, il dit qu'il y a autant d'eau que je veux. Il y a de la lumière au bout du tunnel, assure-t-il. Je regarde par la fenêtre. Les feuilles volent dans les airs, emportées par le vent, ce sont les palettes de couleurs brisées, d'un peintre agité. Vous avez probablement raison, je dis en pliant un avion en papier avec un mouchoir. Je vise son nez et il s'envole par-dessus le bureau.

MONOLOGUES D'UN HIPPOCAMPE V

À l'intérieur de mon nombril, il y a une piste de cirque où nous tournons tous en rond. Nous nous déplaçons en petites processions, les éléphants en tête, suivis par les otaries, les magiciens avec leurs chapeaux hauts de forme remplis de lapins, les acrobates en pleins sauts périlleux et les clowns qui se lancent des tartes à la crème tout en éclatant d'un rire strident. Le funambule marche sur des échasses et sur un fil tendu très haut dans les airs. Nous déambulons autour de la piste sous les salves d'applaudissements et les silences tremblants. La piste de cirque est entourée d'un chapiteau, et autour du chapiteau il y a tout un monde, mais nous n'y croyons plus. Toute tentative d'évasion est vaine, et les éléphants soupirent, les otaries pleurent, les clowns sanglotent, le funambule tombe et les lapins s'arrachent les yeux. Pourtant nous tournons en rond mécaniquement, encore et encore, petites bulles de personnes et d'animaux qui ont accepté la défaite d'emblée. Si quelqu'un nous observait d'en haut, nous ressemblerions à des poupées miniatures qui se promènent et essayent de s'atteindre les unes les autres avec des mots et des phrases et des mains tendues, les yeux écarquillés et les bras ouverts. Nous parlons en l'air, parfois volontairement, d'autres fois par habitude, quelquefois aussi par vengeance raffinée, mais le plus souvent parce que les malentendus sont omniprésents. Nous imaginons pouvoir nouer des relations, et rêvons que les personnes sont irremplaçables. Les rares fois où nous oublions tout simplement l'existence de la solitude, nous nous extasions de bonheur au point d'appeler cela de l'amour, même si le plus approchant est la possibilité de rencontrer une personne qui nous fait régulièrement douter que nous sommes seuls. Notre seul espoir réside dans de brefs instants d'intimité fugace qui ne remplacent toutefois pas la solitude, mais qui peuvent, dans le meilleur des cas, fonctionner en parallèle. Nous sommes alors complètement euphoriques et nous nous disons oui dans les églises, nous vivons ensemble le train-train du quotidien, et plaçons des empreintes parallèles sur la terre. Nous remarquons la sensation insidieuse d'une illusion, car à l'intérieur de notre nombril il y a une piste de cirque, mais auparavant il y avait un cordon ombilical, et une fois qu'il est coupé, nous n'avons plus jamais la possibilité de ne faire qu'un avec l'autre. Le souvenir de la proximité se situe dans le nombril, et nous ne comprenons jamais complètement que nous sommes séparés les uns des autres. Nous doutons et imaginons nous sentir liés à quelque chose de vivant, mais seulement pour être à nouveau séparés de ces créatures d'un seul coup de ciseaux. Ensuite, nous ne nous en approchons plus, et nous ne pourrons jamais vraiment comprendre pourquoi, et tout à coup la solitude redouble. Nous retournons sur la piste de cirque, désormais résignés, et comprenons lentement que tout tourne sur soi-même. Nous marchons en rond, pensons en rond, parlons en rond, les paroles que nous prononçons sont des disques qui tournent, nous vivons sur une planète ronde, regardons des choses rondes de nos yeux ronds dans nos visages ronds. Nous sommes les armées survivantes d'un seul homme, nous tournons en rond sur une piste de cirque, éternellement poursuivis par le halo phosphorescent de la solitude.

Mon père a accroché une chaussette en tricot rouge au pied de mon lit. Quand j'ouvre les yeux, une grande tête de père Noël en chocolat dépasse du bord de la chaussette et me sourit. Je regarde son visage en chocolat extatique et je me réveille en sursaut. Je l'emporte dans la cuisine et le pose à côté de la machine à café. Il me regarde allumer une cigarette, verser le café dans le filtre et mettre deux tranches de pain à griller. Avec une fourchette, je perce un petit trou au niveau de sa bouche en chocolat et je lui glisse une cigarette entre les lèvres. Nous fumons ensemble un moment en silence. Mon père entre dans la cuisine et sourit, ravi. Vous avez l'air de bien vous entendre, constate-t-il en montrant la figurine en chocolat. Les cheveux de mon père sont ébouriffés et il a l'air petit dans son grand pyjama. Il dit qu'en fait il a entendu quelque chose de lourd tomber dans la cheminée. Boum, fait-il en posant violemment sa tasse de café sur la table. Le café déborde et forme un petit lac marron. Et les grelots de Rodolphe ont sonné sur le toit, ajoute mon père. Il fredonne quelques mesures de *Vive le vent*. Je plonge un comprimé effervescent dans un verre d'eau. Je marmonne quelque chose sur le fait d'être rentrée tard, j'étais en ville avec Mulle, alors je n'ai rien entendu. Le père Noël sourit avec exubérance. Les bulles remontent vers la surface de l'eau. Mon père parle de confiseries que nous pourrions préparer ensemble dans l'après-midi. Il allume sa pipe et évoque un marché de Noël dans la cour de la salle paroissiale où nous pourrions tenir un stand. Mes tempes tambourinent. Mon père sourit. Le père Noël fume en riant. Je trouve qu'il a l'air méchant. La femme de mon père entre dans la cuisine. Son regard passe de moi à mon père, en dévisageant le père Noël entre les deux. Je retire la cigarette des lèvres du père Noël et l'allume moi-même. Elle a un peu le goût de chocolat. La femme de mon père ouvre la fenêtre en grand et sort deux tranches de pain carbonisées du grille-pain. Oups, dit mon père, on les oublie toujours. Elle hoche la tête. Le père Noël rit sans bruit à travers le trou dans sa tête. Je me mets à la fenêtre et j'essaye d'attraper des flocons de neige avec mes ronds de fumée. Mon père me dit que je m'y prends mal. Il faut tenir compte de la direction du vent, m'explique-t-il en se postant à côté de moi. Nous nous penchons par la fenêtre et soufflons des ronds de fumée vers le lever du soleil. Regarde, comme ça, dit-il en soufflant un rond de fumée parfaitement formé qui capture un flocon de neige. Je pense à la fois où il m'a appris à faire des ricochets sur la mer du Nord quand j'étais petite. La femme de mon père se met à gratter le brûlé sur la tranche de pain. C'est à celui qui attrapera le plus de flocons de neige. Mon père gagne 5-2. Pourquoi faut-il toujours que tu gagnes ? je lui demande en mordant la tête du père Noël. J'ai la nausée. Mon père a l'air content et me demande s'il est bon. Je sens que le père Noël a acheté le chocolat le moins cher à Aldi. Je hoche la tête. Juste après, quand mon père va à la salle de bains, je vomis dans la poubelle. Il y a de grands amas marron dans mon vomi. Je regarde le corps en chocolat décapité. La femme de mon père me tend un verre d'eau.

*

En début d'après-midi, j'entends mon père ouvrir la porte d'entrée. Il entre dans la salle et me sourit tout en posant deux rouleaux de pâte d'amandes et une tablette de chocolat à cuire sur la table. Assise dans son fauteuil, je regarde la série *Docteur Quinn, femme médecin* en mangeant une pizza. Un petit gitan vient d'arriver dans le village du docteur Quinn. Il est muet et malheureux et repoussé par les habitants parce que sa mère travaillait comme prostituée dans le saloon local avant de mourir. Michaela découvre qu'il est doué pour le dessin et il entre à l'Académie des beaux-arts. Entre-temps, elle retrouve aussi le père disparu et lui fait comprendre qu'il a une responsabilité envers le garçon. Quand ils sont réunis sur le quai de la gare, je pleure un peu. Heureusement que nous avons docteur Mike, je dis à mon père. Il a l'air horrifié et va chercher un rouleau d'essuie-tout. Tu as aussi l'air d'être satisfaite de ton vrai médecin, dit mon père. Personne n'égale docteur Mike, je réplique. Ce n'est qu'une série télévisée, soupire mon père en me tapotant la tête. Il explique que c'est important de faire la différence entre la fiction et la réalité. Mon père va chercher du colorant alimentaire dans la cuisine, et quand il revient, il a mis un bonnet de lutin sur sa tête. C'est l'heure des confiseries de Noël, annonce-t-il en me tendant une masse collante et pâle en forme de saucisse. Il parle de l'Armée du Salut et des difficultés que rencontrent les sans-abri à Noël, tout en faisant fondre le chocolat au bain-marie. Je ne supporte pas la pâte d'amandes pâle. On dirait la couleur de mes cuisses en hiver, je dis à mon père. J'injecte du colorant alimentaire vert dans la masse collante et forme de petits sapins de Noël en pâte d'amandes. Mon père dit que ça va être joli, et il me demande ce que j'ai fait aujourd'hui. Je lui raconte que j'ai appelé mon ex-petite amie cinq fois en lui raccrochant au nez chaque fois. Tu ne devrais pas plutôt t'occuper de ton mémoire de master ? me demande mon père. Je lui réponds que c'est important de se tenir au courant, d'après les bruits de fond j'ai pu en déduire qu'elle semblait se promener en ville. Il dit qu'elle a peut-être besoin d'un peu de calme, que je peux toujours passer à l'église si je m'ennuie. Je demande à mon père s'il croit qu'elle a rencontré quelqu'un d'autre. Elle ne trouvera jamais personne d'aussi gentil que toi, dit-il en m'ébouriffant les cheveux. Mon père me demande si je ne devrais pas de mon côté me trouver quelqu'un d'autre, il dit que parfois, c'est une bonne idée de recommencer à zéro. Oui, tu es bien placé pour le savoir, je constate. Mon père parsème mes sapins de Noël de violettes confites. L'important, c'est de trouver une personne à qui on peut vraiment parler, explique mon père, quelqu'un qui sait écouter. Je forme une figurine en pâte d'amandes qui ressemble à mon médecin. Je trempe la tête dans le chocolat fondu pour lui donner des cheveux noirs, et j'enfonce deux petits morceaux d'amandes pointus pour les yeux. Je trempe les pointes d'amandes dans le colorant vert. C'est moi ? demande mon père en montrant mon bonhomme en pâte d'amandes. J'acquiesce et je retire un peu de chocolat à l'arrière de la tête pour former une calvitie et j'ajoute un petit morceau de pâte d'amandes sur le ventre. Dehors, le gravier crisse et je vois ma mère arriver à vélo. Elle me fait signe en souriant. C'en est fini de la paix de Noël, j'annonce. Mon père acquiesce.

*

Ma mère entre dans la salle et dit qu'elle voulait juste savoir si j'avais pris rendez-vous avec mon service d'orientation universitaire. Je lui réponds que j'ai appelé cinq fois, mais que je n'ai pas réussi à le joindre. C'est le rush de Noël, j'explique, les gens paniquent. Ma mère mange quelques-unes de nos confiseries. C'est pour les sans-abri, proteste mon père. Ma mère dit qu'elle est désolée pour les sans-abri, vraiment désolée, mais qu'il ne faut pas oublier qu'ils n'ont pas de dépenses fixes. Je mange des petites chutes de pâte d'amandes, j'ai fait exprès de modeler les figurines de façon irrégulière. On ne peut pas proposer ce genre de choses au marché de Noël, je dis à mon père, d'ailleurs, je suis moi-même aussi une sans-abri. Mon Dieu, ce que tu peux te plaindre, soupire ma mère, n'en as-tu jamais assez de t'écouter parler ? Ma mère dit que je dois faire attention de ne pas devenir une paria en surpoids qui n'aura jamais terminé ses études. Ton ex-femme insinue que je suis grosse, j'explique à mon père. Il a l'air perplexe. Ma mère arrache la tête de mon bonhomme en pâte d'amandes. Tu es en train de manger papa ! je m'écrie, tu me rends orpheline de père, tu es folle ! On n'a qu'à en faire un autre, dit mon père. Tu la dorlotes trop, constate ma mère tout en mâchant la tête de mon père. J'entends ses yeux crisser entre ses dents. Cannibale, je siffle. Tu la gâtes, accuse ma mère, tu l'as toujours fait. Mais nous profitons juste de l'ambiance de Noël, proteste mon père. Si je n'avais pas été là, elle ne passerait plus une seule porte aujourd'hui, continue ma mère, si je n'avais pas posé des limites quand elle était enfant, elle aurait fini dans un de ces foyers pour jeunes en échec financés par la vente de timbres de Noël. Tu étais vraiment en surpoids, dit ma mère en me regardant, fais attention ma chérie, tu es sujette à l'obésité. Elle m'arrache des mains la confiserie en pâte d'amandes que je m'apprête à manger et la met dans sa bouche. Tu étais juste un peu potelée, dit mon père en me caressant les cheveux. Tu étais toujours si contente quand on te donnait du chocolat, ajoute-t-il en ayant l'air heureux lui-même. C'est pour ça que tu la gavais de bonbons chaque fois qu'elle pleurnichait, juste parce que tu étais toi-même si heureux quand elle souriait, explique ma mère. Mon père a l'air un peu penaud. Mon Dieu, dit-il, Noël n'a lieu qu'une fois l'an.

*

Il y a un marché de Noël dans la Vieille Ville. Mulle pousse le fauteuil roulant de sa grand-mère. La vieille dame porte un châle en crochet sur ses épaules et contemple la reconstitution de sa jeunesse à travers des lunettes à monture dorée. Elle porte un bonnet de fourrure, et ses mains sont enfouies dans un manchon. Vous ressemblez à Misse et Tante Møghe dans la série *Matador,* je dis à Mulle et à sa grand-mère. Mais c'est la fille du pasteur, s'écrie la grand-mère de Mulle en me voyant. Je lui prends les mains et lui tapote son chapeau de fourrure. Elle aime bien les daaames, crie la grand-mère de Mulle à sa petite-fille tout en me montrant du doigt. Mulle acquiesce. Il paraît que c'est la mode de nos jours, dit la grand-mère de Mulle qui fait la grimace en prononçant le mot mode. C'est vrai, c'est fou ce qu'on peut faire pour rester à la mode, je dis. La grand-mère de Mulle me demande comment je vais. Ma petite amie vient de me mettre à la porte, je hurle dans son appareil auditif. Voilà ce que ça donne de vivre à la colle, crie la grand-mère de Mulle, l'oiseau qui vole n'a pas de maître. Je déteste les oiseaux, je réplique. On se demande pourquoi personne ne veut de toi, dit la grand-mère de Mulle, tu es une si gentille fille. Je hoche la tête. Tu me chantais des cantiques quand j'étais à l'hôpital avec ma nouvelle hanche, se rappelle la grand-mère de Mulle. C'est une de ses anecdotes préférées. Oui, elle ne s'est jamais remise de son passage à la chorale de l'église, dit Mulle. Nous achetons un verre de vin chaud pour la grand-mère de Mulle et nous la poussons jusqu'à un stand de lutins de Noël. La vapeur rouge donne aux verres de ses lunettes un reflet rose. Noël me tape sur les nerfs, je dis, le presbytère a été transformé en atelier du père Noël, et ma méchante belle-mère joue des chants de Noël à longueur de journée. Ton père est un homme magnifique, crie la grand-mère de Mulle tout en se balançant au rythme de *Mon beau sapin* qu'un lutin joue à l'accordéon. Il est temps que tu rencontres quelqu'un d'autre, dit Mulle. Je dis que je ne suis absolument pas encore prête pour ça. Tu ferais mieux de te trouver un homme la prochaine fois, crie la grand-mère de Mulle. Les temps changent, grand-mère, lui dit Mulle. La grand-mère de Mulle grogne : tant qu'elle ne se trouve pas un Noir, ce serait encore pire. Mulle éteint son appareil auditif et lui met une couverture sur les épaules. Je devrais peut-être vivre seule, je dis, certaines personnes ne sont pas faites pour vivre à deux. Le problème avec vous, les jeunes, c'est que vous êtes bien trop impatients, crie la grand-mère de Mulle, vous êtes trop occupés à batifoler. Elle parle du grand-père de Mulle qui est mort il y a de nombreuses années. Il ressemblait un peu au pasteur, ajoute-t-elle. Combien de temps faut-il avant de passer à autre chose ? je demande à la grand-mère de Mulle en lui tendant un *klejne*. C'est trop mou, dit Mulle m'arrachant le beignet de Noël des mains, ça reste collé à son dentier. Donne-le-moi, crie la grand-mère de Mulle. Un père Noël s'arrête et nous regarde d'un air réprobateur. La grand-mère de Mulle sort ses mains de son manchon et le salue majestueusement. Elle crache son dentier dans ma main et prend un morceau du *klejne*. La grand-mère de Mulle dit qu'elle pense à son mari chaque jour, mais qu'elle peut aussi penser à d'autres choses. Le pasteur, par exemple, explique Mulle. Gamine impertinente, réplique la grand-mère de Mulle en prenant un *klejne* supplémentaire. Je dis à Mulle que j'envisage de m'exiler à Noël, que je retourne en Inde. À la tombée du crépuscule sur la Vieille Ville, la grand-mère de Mulle s'est endormie. Alors que je m'apprête à rentrer à vélo, elle se réveille en sursaut et me tend une boîte de biscuits. C'est pour le pasteur, dit la grand-mère de Mulle avec un sourire édenté, et je lui échange le dentier que j'ai dans ma poche contre une boîte de *vaniljekranse*, les biscuits en forme de petites couronnes à la vanille.

*

Je demande à mon médecin s'il y a des personnes qui, d'un point de vue purement chimique, ne sont pas faites pour les relations de couple. Si on peut être plus ou moins doué pour la pratique de l'amour. Il me répond qu'il existe bien sûr des personnes asexuelles, mais que ce n'est plus considéré comme un trouble. Je peux clairement exclure l'asexualité, je dis, si c'est sur cette échelle que nous nous plaçons, je suis probablement plutôt du côté de la nymphomanie. Mon médecin m'explique qu'il est tout à fait normal de nier l'asexualité, notamment parce que ce domaine est si peu étudié, les personnes asexuelles se sentent tout simplement exclues de la société. Il précise que le phénomène a également été observé chez divers mammifères, notamment les chevaux, les chèvres et les lapins. Comme je l'ai dit, je ne me sens pas asexuelle, je répète. Il explique que c'est particulièrement difficile de démontrer l'asexualité, parce qu'une étude sur les niveaux d'hormones des animaux montre que les animaux sans libido ont le même niveau d'hormones que leurs congénères sexuellement actifs. Il pose ses mains sur son bureau avant de les frotter l'une contre l'autre. Il s'éclaircit la gorge et se rappelle que le point de départ de notre conversation était les relations de couple. Il évoque l'importance de la confiance et ajoute que l'essentiel est de se parler. Mais je parle constamment, je dis, j'ai l'impression d'être un lapin Duracell rose. Tout dépend de ce qu'on dit et de la manière de le dire, rappelle avec précaution mon médecin en touchant la perforatrice sur son bureau. Je lui demande s'il a des jours de congés supplémentaires pour les patients particulièrement difficiles, ou s'il peut déduire des patients comme moi de ses impôts. Il se racle à nouveau la gorge et dit qu'il comprend parfaitement que je traverse une période difficile en ce moment. Je lui demande si les médecins aiment leurs patients, peu importe comment ils sont. Certains d'entre eux, me répond-il avec un léger sourire.

*

À mon réveil, j'ai mal à la tête. Je ne reconnais pas la pièce. Je jette un coup d'œil autour de moi et la seconde d'après, je vomis. Un agent de police ouvre la porte et me tend un verre d'eau. Est-ce que je suis en état d'arrestation ? je gémis. Vous allez devoir payer pour les vitres, me répond-il, mais on n'envoie pas les gens en prison pour trouble sur la voie publique. Je ne me sens pas très bien, j'étais bien bourrée hier, je dis. Il hoche la tête. Je me suis fait larguer, je lui explique. Il demande s'il peut m'appeler quelqu'un. Je vide le verre d'eau. Vingt minutes plus tard, mes parents viennent me chercher au commissariat. Je me tiens à côté du comptoir et je les vois par la fenêtre. Le soleil me déchire les yeux, c'est une véritable torture. Ma mère sautille sur ses talons hauts par-dessus les flaques d'eau gelées. Qu'est-ce que tu as encore fait ? me lance ma mère dès que la porte s'ouvre. Je n'ai rien fait, c'est toi qui m'as faite, je rétorque, tout est de ta faute. Mon père recule légèrement, l'air inquiet. Je regarde le sol. Quelle idiote, soupire mon père. Il me tend un sac avec une bouteille d'eau minérale, un flacon de comprimés de magnésium et un paquet de cigarettes. Ma mère m'arrache le paquet des mains et en prend une. Mon père l'allume. Peut-être que quelqu'un a mis de la drogue dans mon verre, je dis. Ferme-la, dit ma mère. Mon père s'éclaircit la gorge. Il dit que c'est important de rester debout face à l'adversité. Oh, ferme-la, dit ma mère en me montrant du doigt, elle a la colonne vertébrale d'un ver de terre. Mon Dieu, s'exclame mon père, ce n'est pas comme si elle avait tué quelqu'un. C'est bien vrai, je renchéris. Tu n'étais pas avec Mulle hier soir ? me demande ma mère. La *spin doctor* déserte toujours les lieux avant que les choses ne se gâtent, je dis. Un agent plus âgé explique à mes parents que je ne serai pas accusée de vandalisme si je suis prête à payer une amende. Mon père rédige un chèque. Je vomis dans une poubelle. Ma mère allume une autre cigarette. Mon père dit, voilà, n'en parlons plus. Oh, ferme-la, réplique ma mère, au contraire, il faut qu'on en parle. On peut aussi trop en parler, dit mon père. Non, répond ma mère. Elle est juste triste, explique mon père. J'acquiesce et pose ma tête sur son épaule. Tu fais des caprices, et tu te plains, siffle ma mère. Je me sens seule, je dis, pourquoi m'a-t-elle quittée ? Oui, c'est incompréhensible, commente ma mère. L'agent revient avec un reçu. Vous feriez mieux de garder un œil sur cette jeune dame, dit-il en me montrant du doigt, elle a failli démolir notre cellule de dégrisement cette nuit. Oh, fermez-la, dit ma mère, ma fille n'a aucun problème, elle est juste triste. Cela ne lui donne pas le droit de s'en prendre aux fonctionnaires, rétorque l'agent. Peut-être que si, dit mon père. Ma mère retourne vers la voiture, en balançant son sac à main. Le soleil effleure la neige sur son bonnet rouge, on dirait qu'elle a de la lumière dans les cheveux.

*

L'Inde, répète mon médecin. J'acquiesce. Je déteste Noël, et je ne rentrerai pas avant que la municipalité ait retiré le dernier lutin de l'espace public. C'est un acte de protestation, j'explique à mon médecin. Il prépare l'injection. Avec une certaine crainte, je détecte une certaine jubilation dans ses yeux. Il me parle d'un projet de recherche auquel il a participé. C'était vraiment amusant, dit-il d'un air joyeux, le projet consistait à piquer des souris. Je me fais la réflexion que le mot amusant n'est peut-être pas le bon. Une image de lui, dont j'aurais préféré me passer, me vient alors à l'esprit. Celle de mon médecin, environ dix ans plus tôt, entouré de souris mortes, avec la même lueur légèrement triomphante dans les yeux. Mais l'utilisation des souris posait des problèmes, poursuit-il. Elles sont résistantes à presque tout, ce qui les rend presque impossibles à tuer. Il a l'air un peu contrarié. Il touche l'aiguille. Ça ne fait pas mal, dit-il en faisant rouler du coton entre ses doigts tout en sifflotant doucement. Je pense au sang. Il travaille rapidement, concentré, et cela m'agace que ses mains soient belles. Tout à coup, je sais à quoi il ressemblait lorsqu'il avait sept ans et qu'il jouait avec ses Lego. Absorbé, un peu autiste et totalement détaché du monde. Il me regarde comme s'il redécouvrait mon existence, et sourit, presque en secret, pendant que l'aiguille s'approche de mon épaule. Je pense à des objets pointus, à une joueuse de fléchettes italienne à Florence qui m'a accidentellement touchée, aux punaises à tête plate qui traînent à l'envers sur le plancher, aux guêpes et aux clous rouillés qui dépassent du mur. Il écarte les cheveux de mon épaule. Bien sûr qu'il a raison, ça ne fait pas mal, mais je crie sans retenue pour l'ambiance. Je ne supporte pas les gens qui ont raison. Mais même cette scène ne parvient pas à faire trembler ses mains sûres. Joyeux Noël et bon voyage, me lance-t-il avant que je disparaisse dans la neige.

*

Quelques jours plus tard, je suis assise sur le canapé de mon père, sous une couette. La femme de mon père m'a enveloppée dans des écharpes, et je ne parviens presque plus à respirer. Au beau milieu d'une quinte de toux, ma mère appelle. Tu es malade ? me demande-t-elle. Elle semble menaçante. Non, je chuchote d'une voix qui a presque disparu. Ma mère me gronde, elle se met toujours en colère quand je suis malade. Elle parle de vêtements chauds, d'habitudes alimentaires saines, d'une demi-heure d'exercice quotidien, et elle répand diverses théories sur le stress. Tu brûles la chandelle par les deux bouts, crie-t-elle. Je tousse et cherche à reprendre mon souffle. On croirait entendre un homme, crie ma mère, tu te plains constamment, tu mènes une vie malsaine, combien de fois je te l'ai répété ? Oui, je chuchote. Ma mère veut m'offrir un nouveau manteau. Il sera moche et chaud et tu ne devras jamais l'enlever, crie-t-elle. Même en été ? je chuchote. Oui, tonne-t-elle, et tu dois te servir de ton inhalateur, arrêter de fumer et te coucher de bonne heure. Tu dois aller bien, martèle ma mère, tu dois être heureuse et en bonne santé. Il faut que j'aille voir le médecin, je chuchote. Non ! hurle ma mère, tu es complètement obsédée par ton médecin, une mère remarque ce genre de choses. J'ai mal à la tête et je tiens le téléphone à bout de bras. Mon père entre dans le salon. Je remonte la couette sur ma tête et je lui tends le téléphone. Oui, elle est malade, dit mon père. Pas tant que ça, ajoute-t-il peu après, juste des cigarettes au menthol. J'entends maintenant la voix de ma mère sous la couette. Mes tempes battent, et mon corps est moite de sueur. Mon Dieu, s'exclame mon père. Je regarde par-dessus la couette. Mon père a allumé la télévision et regarde un match de hockey sans le son. Ils viennent de marquer et mon père a l'air ravi. Une bande d'hommes en patins à glace se congratulent et rient. Les quelques minutes suivantes, mon père marmonne un peu à intervalles réguliers avant de dire au revoir. Elle s'inquiète juste pour toi, m'assure mon père. *Mother's gonna put all her fears into you*, chante-t-il doucement en montant le volume du match de hockey.

MONOLOGUES D'UN HIPPOCAMPE VI

À l'intérieur de ma bouche, il y a une grotte de stalactites, c'est un espace rouge foncé, et il y a des piliers d'ivoire dans les salles où les ados dansent comme si leur vie en dépendait. C'est ici que je me souviens de vos saveurs, nos langues qui dansent comme des monstres marins, nous nous amalgamons, et nous sommes une classe de maternelle qui joue au nœud humain, nous sommes des pelotes de laine et des tresses afro emmêlées, nous sommes des câbles d'ordinateur poussiéreux, nous sommes des spaghettis collés en un amas d'hydrates de carbone. Toi qui as un goût un peu salé et toi avec ton arrière-goût de lavande. Et toi qui mâches des Stimorol, celui au goût de réglisse, et toi avec tes saucisses épicées. Vous voilà avec vos lèvres, votre arc de Cupidon, les bourgeons gustatifs sur vos langues, de petits points qui montent vers la luette, et derrière la luette, il y a un coffre au trésor, et c'est là que je conserve vos sourires. Vos lèvres sous toutes leurs formes possibles, les coins de vos bouches et vos contractions musculaires. Toutes sortes de choses sont issues de vos sourires, des mouvements parallèles qui les accompagnent. Toi, quand tu baisses les yeux, le pli de tes paupières, cette peau fine est un écran de cinéma, et les fines lignes roses de tes veines sont les branches d'un arbre au Jardin botanique. Toi et tes pattes-d'oie pointant dans cinq directions différentes et dessinant des motifs sur ton visage, de longues arabesques entrelacées sur ta peau. Et toi et tes fossettes qui apparaissent lentement, elles sont l'armée de mouches d'orage qui se posent sur ma robe jaune en été, les premières gouttes d'une averse orageuse et après, les flaques d'eau dans lesquelles on aimerait nager. Je vois vos sourires sous toutes les formes possibles et je suis émerveillée, confuse et perturbée, et je les vois partout, vos sourires fantômes. Je les vois sur les lampadaires lors du vote du Parlement, les candidats sourient et sourient encore, et ce sont vos sourires que je vois, ils sont suspendus aux arbres, comme des cerises à l'envers, ils sont accrochés aux fils du téléphone et pendouillent, vos sourires, et ils sont suspendus avec des pinces sur les fils à linge où ils sont soufflés par le vent. Il y a de vrais sourires et de faux sourires réservés à différentes occasions, ils peuvent se combiner, vos sourires, ils peuvent se fondre les uns dans les autres, glisser vers d'autres expressions, se remplacer, coexister. J'ouvre mon coffre au trésor derrière la luette, je suis éblouie par vos sourires, ils rayonnent vers moi, et je suis prise de panique, imagine, si vos sourires disparaissaient. Je veux les conserver dans toutes leurs nuances, je veux me former à la poterie et modeler vos sourires en argile, comme un sculpteur je veux tailler vos sourires dans le bronze et en faire des expositions. Je veux dessiner vos sourires sur la plage, les graver dans les arbres avec un cutter émoussé, me les faire tatouer sur le haut de mes bras comme un marin, et enfin, enfin, je serai entièrement enveloppée par vos sourires.

Un soir, je vais dans un bistrot avec Mulle. Tout à coup, je vois mon médecin assis à une table dans le coin. Asseyons-nous ici, je dis à Mulle en m'installant à une table proche. Je déplace un peu une grosse plante en pot afin de dissimuler mon visage. De qui te caches-tu ? demande Mulle. Du monde, je réponds. Mon médecin est attablé avec un groupe d'hommes de son âge, on dirait qu'ils sont collègues. Ils parlent et rient, il est question d'une opération sur un œil et d'un chirurgien nerveux de leur connaissance. Les hommes d'une trentaine d'années me rappellent les garçons à l'âge de la confirmation. Comme à l'époque, leurs voix sont un peu trop fortes, et leurs conversations portent sur tout sauf ce qui les préoccupe vraiment. Ils essayent de trouver le juste milieu entre une jeunesse décontractée et une maturité attrayante, qui ne doit en aucun cas tendre vers le paternalisme. Lorsque Mulle se lève pour aller nous chercher des gin-tonics, ils se taisent tous. J'épie à travers les feuilles. Mulle est belle. Aujourd'hui, ses longs cheveux roux ressemblent à de la lave qui coule le long de son dos. Les médecins regardent ce volcan qui passe devant eux. L'un d'eux lève un sourcil et lui sourit, mais c'est un sourire qui ne croit déjà plus en lui-même. Ils essayent tous d'avoir l'air plus jeunes qu'ils ne le sont, le plus discrètement possible. Ils font semblant de ne pas être obligés de rentrer à la maison à un moment donné, ou de devoir retourner au travail le lundi. Et pourtant, une fatigue qui ne peut être dissimulée se dessine sur leurs visages. Ils ne savent pas que leur véritable attrait ne réside pas dans leurs efforts, mais plutôt dans leur désir luminescent et leur envie d'autre chose. Pas quelque chose de plus grand ou de plus beau, mais juste autre chose que ce qui leur est arrivé. Ils sont heureux et aiment leurs femmes et surtout leurs enfants. Ils ne regrettent rien et c'est précisément pour cela qu'ils ne comprennent pas ce sentiment d'ennui dévorant. Cette collision déroutante qui ne devrait pas exister, mais qui est inévitable, l'énergie débordante, qui jaillit de toutes les fissures et s'accroche à leur corps comme une ombre qui danse dans leur dos. Mulle pose deux bières devant nous. Santé, s'écrie-t-elle en levant son verre en direction de la table du coin. Comme sur commande, ils se redressent tous, lèvent leurs chopes de bière et sourient exactement en même temps et à peu près de la même manière, un peu surpris, comme s'ils venaient de se réveiller. Je me baisse un peu. En voilà qui semblent atteindre la crise de la quarantaine, chuchote Mulle. Ils sont partout, je dis, ils brillent comme des petits néons qui illuminent le globe. Ils sont assis dans les bars du monde entier, seuls ou en groupes, avec le même le regard vide. Mulle demande si nous buvons un verre pour nous amuser ou si nous faisons une étude anthropologique de terrain. J'évoque un peu les conditions existentielles de la vie. La mélancolie, Mulle, je dis, le non-sens. Jouons aux dés, dit Mulle. Et elle pose deux gobelets en cuir sur la table.

*

Je fais tomber un dé par terre et me glisse sous la table. J'entends par bribes la conversation des médecins. Ils sont censés discuter, mais on dirait qu'ils crient tous. Pas les uns sur les autres ou contre quelque chose de précis, mais comme un cri assourdissant vers l'espace. La plupart d'entre eux crient parce qu'ils sont mariés, ont des enfants et se sentent étouffés par l'obligation de bonheur qui en découle. Les autres, ceux qui veulent toujours atteindre le prochain bar, crient parce qu'ils ne sont pas mariés et n'ont pas d'enfant et se sentent étouffés par l'obligation de liberté qui en découle. Mulle et moi nourrissons un autre désespoir et une autre sorte de cris. Parce que nous n'avons encore pris aucune décision irrévocable que nous pourrions regretter, tous nos mauvais choix potentiels sont alignés, prêts à être exécutés. Nous sentons leur présence constante, mais notre angoisse est plus difficile à identifier parce que pour l'instant nos regrets ne sont que potentiels. Jusqu'à présent, le temps nous a absoutes, mais nous savons aussi que nous vieillissons sans nous en rendre compte. Les signes sont encore flous, ils ne se lisent pas encore sur nos corps, mais dans un futur proche, nous ne serons plus l'objet de leurs regards, et notre jeunesse ne sera plus notre excuse. Je me rends compte de mon état d'ébriété lorsque je me hisse à nouveau sur mon tabouret et que la pièce tourne. Je fais un trou dans une des feuilles de la plante pour observer la table du coin. Mulle me demande si je suis devenue détective privée, et me dit que ça rapporte sûrement davantage d'argent que les sciences humaines. Je regarde mon médecin à travers la plante, il semble un peu plus réservé que les autres et a l'air en quête, d'une manière qui me donne envie d'être trouvée. Je pense qu'il était probablement déjà assis là il y a dix ans, peut-être sur le même tabouret, mais que le voile de mélancolie qui lui va si bien et qui s'est déposé sur lui a dû se former avec le temps. Il tapote sur la table et tripote un peu le cendrier, comme s'il attendait que quelque chose se produise, sans trop savoir quoi. Une paire de cinq, annonce Mulle, tu es la pire joueuse de dés que je connaisse.

*

Quand je rentre à vélo au presbytère, je sens l'odeur du printemps, même si c'est un peu trop tôt. La chanson *Jour de printemps* d'Anne Linnet me vient à l'esprit et je chante : Toutes les larmes versées notre vie durant, s'évanouissent un jour de printemps. Je repense au petit groupe à la table du coin qui est maintenant dispersé aux quatre vents. Je les imagine arpentant leurs appartements avec la sensation d'être dans un film qu'ils ont déjà vu. Ils regardent leurs meubles et les photos sur les murs tout en se demandant comment ils ont atterri ici. Ils regardent la personne avec laquelle ils se sont mariés. Ils remarquent que leur langage corporel a changé avec le temps. Ils pensent que les contacts avec leurs conjoints sont devenus une extension si naturelle de leur propre corps qu'ils ne peuvent plus être perçus comme des contacts, mais comme quelque chose de si indifférent qu'ils ressemblent davantage à une série de collisions plus ou moins fortuites. Je vacille un peu sur mon vélo, je parviens à retrouver mon équilibre. Mais le salon est silencieux ici, et maintenant je n'ai plus de mots, tout est dit, je continue à chanter. Un film commence à se dérouler dans ma tête et je m'imagine leurs vies.

Je devrais peut-être devenir réalisatrice, je lance à un bouleau en passant devant lui. Les feuilles bruissent dans le vent, et on dirait qu'il acquiesce. Je zoome sur tous ceux qui ont une trentaine d'années. Ils parlent tous avec autant d'inquiétude que d'amour de leurs enfants qu'ils élèvent, réconfortent et emmènent à la piscine. Les babillages de leurs enfants suscitent des sourires et des regards affectueux à travers les cuisines. Leurs regards se croisent par-dessus les gâteaux d'anniversaire garnis de trois bougies, ils ressentent la chaleur et pensent à eux-mêmes comme à une machine à aimer, un moteur ronronnant maintenu en vie par les personnes qu'ils ont créées ensemble. Ils vont chercher des nounours et des verres de lait le soir et arrachent les dents qui bougent. Ils ramassent les pièces de puzzles colorés sur le sol avec des gestes simultanés et tartinent les sandwichs à l'unisson. Ils savent qu'ils s'aiment, de la même manière qu'ils respirent, sans y penser et parce que c'est une nécessité. J'essaye d'allumer une cigarette en pédalant. Je parviens enfin à l'allumer et je tombe la seconde d'après. Je reste allongée à faire la morte un moment, mais comme il n'y a personne, je me relève. Et je me remets en selle, je dis d'une voix grave en pensant à mon père. Je crée une nouvelle scène. Maintenant, ils sont en train de dîner chez un couple d'amis. Ils ne s'intéressent que sporadiquement aux enfants de leurs amis, ils aiment surtout participer et raconter des histoires et des anecdotes semblables à propos des leurs. Ils se regardent par-dessus la table et disent nous et ressentent une communion qui les tranquillise. Quelque chose qui a du sens, qui se manifeste par les mots eux-mêmes. Leurs voix sont douces, et les noms associés à ces histoires qui n'intéressent que les parents sont interchangeables et sans importance, car ce qui est remarquable, ce sont leurs voix. Ils s'expriment sur le même ton que tous les couples de parents qui ont existé. On dirait qu'ils soupirent constamment, aussi bien quand ils parlent que quand ils écoutent, qu'ils soupirent ou non. Ils se disent que c'est propre aux trois premières années, mais après ces trois premières années, ils tiendront exactement le même discours, prolongeant simplement le délai jusqu'à l'âge scolaire, puis jusqu'à la puberté, et dans une dernière résignation, ils penseront que tout reviendra à la normale quand les enfants quitteront la maison. D'une certaine manière, c'est touchant de voir qu'ils parlent tout le temps comme si quelque chose allait revenir, je dis à un chat qui s'est arrêté et me regarde pendant que je gare mon vélo devant le presbytère. Comme si une passion allait réapparaître après le temps, je lui dis en le caressant. Je trouve qu'il a l'air intéressé. C'est fascinant de voir comment ils peuvent se convaincre qu'ils vont se réveiller un matin et que tout sera comme avant, comme dans leurs souvenirs. Qu'est-ce qui leur permet d'être si sûrs que le désir qui renaîtra un jour sera nécessairement dirigé vers la personne avec laquelle ils sont mariés ? je demande. C'est une conviction qui oscille entre une naïveté admirable et une beauté démesurée, je dis au chat. Il a un pelage roux et ressemble un peu à Garfield. Si Mulle était un chat, elle te ressemblerait, je lui dis. Quand j'arrive dans la cuisine, je vois une assiette recouverte d'aluminium que mon père et sa femme ont laissée pour moi devant le micro-ondes. Ce sont des lasagnes et une salade de haricots. J'emporte les lasagnes dans le jardin et je m'assieds à côté de Garfield. Soudain, je suis touchée par la gentillesse de mon père et de sa femme. Ils pensent toujours à moi, je dis à Garfield. Je retourne en titubant à l'intérieur et je me poste devant la porte de la chambre de mon père et de sa femme. Vous le savez au fond de vous en secret, même si j'utilise peu de grands mots attentionnés, je leur chante par le trou de la serrure. Mon père ouvre la porte en pyjama. J'essaye de siffler le solo, mais j'entends bien que cela fonctionne mieux quand Anne Linnet le joue à la guitare. Bonne nuit, dit mon père.

*

Le lendemain, je me lève de bonne heure et je prépare le petit déjeuner pour mon père et sa femme. Du bacon, des œufs et des pancakes avec de la mélasse. On dirait que quelqu'un a mauvaise conscience, constate la femme de mon père. Je suis désolée de vous avoir réveillés cette nuit, je dis. Elle rit. C'est oublié maintenant, dit mon père en regardant la montagne de bacon qui s'empile dans son assiette. Ce que je préfère avec la femme de mon père, c'est son rire rauque. On dirait une rockstar qui rentre d'une tournée mondiale. Tu pourras toujours ouvrir un *bed-and-breakfast* si tout le reste échoue, remarque-t-elle. Tout le reste a échoué, je dis. Mon père se rend à l'église pendant que lentement l'idée fait son chemin en moi. J'avoue à la femme de mon père que je n'ai pas encore vraiment commencé à écrire mon mémoire. Peut-être que ce n'est pas ce que tu souhaites, tout simplement, me répond-elle. La femme de mon père parle de la vieille grange dont ils ne se servent jamais. Je vais ouvrir un restaurant de petit déjeuner, je m'exclame, ça sera le but de ma vie. La femme de mon père dit qu'elle aussi en a toujours rêvé. Elle va chercher des crayons de couleur et un bloc de papier, et nous dessinons des ébauches pour le restaurant. Des petites tables rondes et un petit vestiaire. Elle dessine un gigantesque piano à queue dans le coin. Je dessine une bibliothèque dans l'autre. Tu pourras utiliser notre cuisine pour préparer les plats pour les clients, propose la femme de mon père. Nous posons plusieurs feuilles de papier sur le sol et les scotchons ensemble, tout en rampant dans le restaurant. Une bonne ambiance est essentielle, dit la femme de mon père, et je dessine des vases avec des tournesols sur les tables. Elle ajoute des bougies et des rideaux à carreaux. Je dessine des palmiers sur le sol et une petite fontaine au milieu de la pièce. La femme de mon père plisse le front en voyant ma fontaine. C'est à cause de la facture d'électricité ? je lui demande. Elle me répond que non, mais qu'il est important de s'en tenir à un seul style et de ne pas trop se disperser. Nous allons opter pour un thème baroque dans ce cas, je dis en transformant la fontaine en sculpture d'un ange grassouillet au sourire bienveillant. La femme de mon père dessine de petites volutes sur les cadres des fenêtres et équipe les rideaux de dentelle. Il manque quelques vanités, je dis. Nous plaçons quelques crânes sur les étagères en guise de serre-livres. Ma mère pourrait être dans un coin et souffler des bulles de savon sur les clients, je propose, ça l'occuperait et elle ne se mêlerait pas de tout. Nous écrivons différentes idées pour le menu, brunch baroque, croissants Leonora Christina et gâteaux Kingo. Et pas d'alcool, je préviens, les gens ne savent pas boire. Tu pourrais jouer pour les clients, je dis à la femme de mon père, ce serait tellement agréable. Nous allons chercher son piano électrique et créons une playlist provisoire. Nous commencerons par *Chrysillis*, la chanson d'amour de Thomas Kingo pour sa défunte épouse, je dis, pour que le ton soit donné. Nous chantons : Approche-toi, cœur fidèle, et prête-moi ton oreille en silence, c'est pour toi que je veux chanter. Les clients feront de longues files d'attente pour entrer, je dis, les paroissiens pourront venir directement quand mon père leur aura donné faim à force de parler, c'est une collaboration familiale. Le Café Chrysillis, dit la femme de mon père.

*

Un matin, on sonne à la porte et mon père va ouvrir. Autour du cou, ma mère porte un renard mort qu'elle accroche au portemanteau. À présent, nous allons faire un virage à 180 degrés, dit ma mère en me serrant dans ses bras. J'ai mal à la tête. Tu as encore trop bu ? demande ma mère. C'est la faute de Mulle, je dis, cette fille n'a aucune modération. Nous nous asseyons à table et je demande à mon père de commander une pizza. Numéro seize avec supplément fromage et bacon ? demande-t-il en me regardant. J'acquiesce. Mon père se dirige vers le téléphone, mais ma mère l'arrête. J'ai apporté des crudités, annonce-t-elle, avec des pommes râpées et des raisins secs. Pourquoi ça ? demande mon père. Il faut changer de mentalité, lui répond ma mère, c'est une question de mode de vie. Elle le pointe du doigt. Et, en tant que parents, nous devons être solidaires, c'est aussi ta fille, insiste ma mère, tu dois commencer à agir comme un père. Mon père se racle la gorge. Oui, eh bien, essayons un peu de salade alors, dit-il en allant chercher des assiettes et des fourchettes dans la cuisine. Ma mère a trouvé le numéro de téléphone du service d'orientation universitaire. Où en est ton mémoire ? me demande-t-elle. Tu ne penses qu'aux résultats, je soupire, c'est le processus qui compte. Je parle un peu du type de parents qui mettent trop de pression sur leurs enfants. *We don't need no education, we don't need no thought control*, je chante. Mon père frappe sa fourchette en rythme sur la table. Ma mère dit que je ferais mieux de terminer mon mémoire. Qu'as-tu fait de ton temps ces six derniers mois ? me demande ma mère. Je regarde vers le coin du salon, où la femme de mon père et moi avons construit une maquette de notre restaurant de petit déjeuner. Nous avons trouvé une maison de poupée aux puces et acheté de petits meubles de poupée pour notre café. Je regarde mon père. Il se racle la gorge. J'ai relu certains des sermons de papa, je déclare. Mon père a d'abord l'air perplexe avant de hocher la tête avec enthousiasme. C'est plutôt en rapport avec les études, dit-il. Tu pourrais devenir conseillère linguistique, ajoute-t-il en me souriant. Je parie que vous n'avez fait que jouer au 500 en écoutant la radio, dit ma mère. Il faut bien qu'elle se remette en selle, marmonne mon père, il faut laisser le temps au temps. Je ne laisserai pas ma fille devenir une de ces éternelles étudiantes qui ne finissent jamais leur formation, décrète ma mère. Elle regarde mon père, puis moi. J'ai trouvé un appartement, annonce-t-elle ensuite, c'est un de mes collègues qui le loue, et il est parfait pour toi, ma chérie. D'accord, je dis. La fête est finie, annonce ma mère. Mon père a l'air un peu triste. Ma mère lève les yeux au ciel et pose la main sur son bras. Elle ne peut pas continuer à habiter chez toi pour le reste de sa vie, dit ma mère, elle est adulte. Ça pourrait pourtant être sympa, soupire mon père. À deux pas de la zone piétonne, tu vas adorer, dit ma mère en souriant.

*

Je devine toujours quand c'est ma mère qui sonne à la porte. Et elle est bien dehors, les bras chargés de fleurs. Elle a planté cinq drapeaux danois dans le bouquet. Félicitations pour ton nouvel appartement ! s'exclame-t-elle en me tendant le bouquet. Merci, je dis en m'écartant de son chemin. Ma mère a apporté quelques photos d'elle. Les murs sont tellement nus ici, trouve-t-elle. Certains de ces portraits ont été réalisés pour son travail. On la voit à côté d'une maison, un immense sourire aux lèvres. À côté d'elle, un panneau indique *à vendre* en majuscules. Elle me montre des photos d'enfance où elle porte une petite robe et a de longues tresses noires. Tu vois comme nous nous ressemblons, ma chérie, dit-elle en tirant sur ma queue-de-cheval. Elle trouve un aimant et accroche sa photo de mariage sur le réfrigérateur. Ma mère et son mari sourient devant l'église. Mon père se tient à côté d'eux, dans sa robe pastorale, l'air perdu. Ma mère a également fait agrandir une photo d'elle bébé et l'a placée dans un vieux cadre doré. Elle fait le tour de l'appartement et accroche les photos sur les murs et les tableaux d'affichage avec de petites punaises. Comme ça, je peux vraiment garder un œil sur toi, ma chérie, dit-elle en riant. Comme j'étais mignonne, s'extasie ma mère en posant la photo d'elle bébé au milieu de la bibliothèque vide. Mais où sont tes livres ? demande-t-elle alors. Je lui dis que mon ex-petite amie, devenue folle, les retient en otages. Tu n'es pas encore allée les récupérer ? me demande ma mère. Je secoue la tête. Tu es bien comme ton père, soupire-t-elle, tu n'arrives jamais à rien faire. Je dis que c'est problématique qu'elle me compare toujours avec une personne dont elle a choisi de se séparer. Elle dit que mon père n'est pas si mal, excellent cuisinier et très serviable. Elle est sûre qu'il peut m'aider à aller chercher mes livres. Je lui explique que je n'ai pas le courage d'aller dans le vieil appartement, que je ne supporte pas l'idée de voir mon ex-petite amie. Ton père va t'aider et tout ira bien, assure-t-elle, il a aussi un lien direct avec Qui-tu-sais. Elle pointe le doigt vers le plafond. Ça sent la fumée ici, remarque alors ma mère. Je déplace quelques bouteilles de gin vides et j'ouvre une fenêtre. Ma mère ne supporte pas que je dise qu'elle me rappelle ma grand-mère, c'est pourquoi j'attire de temps en temps son attention sur ce point précis. Tu me rappelles grand-mère, je dis, tu te mêles de tout. Grand-mère est morte, répond ma mère, moi pas. Les drapeaux dans le bouquet volettent faiblement dans la brise. Je dis à ma mère que je suis heureuse qu'elle ne soit pas morte et je crains soudain que ce soit la chose la plus gentille que je lui aie jamais dite.

*

Je suis assise sur un banc dans un coin du cimetière et j'attends mon père. Un groupe de personnes vêtues de noir avance en file indienne, mon père en tête. Deux jeunes filles se soutiennent l'une l'autre alors que le cortège se répartit en petits groupes autour d'une sépulture. J'entends la voix basse de mon père. Au bout d'un moment, les gens se dispersent, et il ne reste plus qu'une femme d'âge moyen, seule, qui fixe la tombe. Mon père sort de la sacristie en civil. Il me fait signe et se dirige vers le banc. C'est alors que la grand-mère de Mulle le rejoint dans son fauteuil roulant électrique. Elle lui barre la route et l'attrape par la main. Elle la tient longtemps entre les siennes tout en lui adressant son sourire édenté. Il me montre du doigt et je leur fais signe. Méfie-toi, je lui dis quand il a enfin réussi à se dégager, la grand-mère de Mulle est sur le pied de guerre, après quatorze ans de veuvage, je crois qu'elle pense qu'il est temps de passer à autre chose. Mon père a d'abord l'air perdu, puis effrayé. Il faut que tu te remettes en selle, je lui dis. Je passe mon bras sur ses épaules, et nous sortons du cimetière. Mon père a toujours l'air triste après un enterrement. Il a loué une camionnette et s'est procuré quelques vieux cartons de déménagement supplémentaires, il ne croit pas que mes livres tiennent tous dans sa Toyota. Mon père règle les rétros et met un CD de David Bowie. Lorsque nous nous arrêtons devant son appartement, je n'ai finalement pas envie de monter. On va juste récupérer les livres et on repart, dit mon père. Je n'ai peut-être pas besoin de ces livres, je lui réponds, tout bien considéré, ce n'est que du papier blanc couvert de petites lettres noires. Il baisse un peu le volume de la musique et me regarde. Il faut soutenir les institutions publiques, j'ajoute, et je lui parle de l'excellente sélection de livres qui se trouve dans les bibliothèques du pays. Il descend de voiture et disparaît dans une épicerie. Peu après, il revient avec un sac de pastilles de chocolat. Nous les mangeons en silence. Ça va aller, dit-il, on va juste récupérer les livres et on repart. Je lui réponds qu'on pourrait aussi ne pas aller récupérer les livres et repartir. Il se racle la gorge. Essaye de ne pas faire de scène, dit-il en m'ébouriffant les cheveux. J'acquiesce. Et si elle s'est trouvé une horrible amante affreuse au visage déformé ? je demande, et si ce monstre a emménagé et lit mes livres en ce moment même ? Alors on va juste récupérer les livres et on repart, dit mon père.

*

Les cartons de livres occupent la majeure partie du salon. Elle les a classés par ordre alphabétique, ce qui est tellement typique de sa part. Comme ça, ce sera plus facile pour toi quand tu les déballeras, explique-t-elle. Ils ne seront jamais déballés, je dis, je vais mener une vie itinérante, sans racines, comme un nomade, et en plus ils étaient déjà classés par thème. Mais tu viens d'emménager dans un nouvel appartement, dit-elle. J'espère qu'ils n'auront pas été en contact avec tes horribles polars, au moins ? je lui demande. Je pense alors à mon père. Je me mords fort les lèvres pour que mes mots ne soient pas prononcés, mais il y a un petit espace entre deux de mes dents et je sens un morceau de ma lèvre inférieure glisser entre elles. J'inspire profondément. Cela ne fonctionne pas non plus. Je lui explique à quel point ma première édition de Thomasine Gyllembourg serait choquée si elle se retrouvait un jour à côté du *Da Vinci Code*. Les pages commenceraient littéralement à tomber, je hurle. C'est un miracle qu'il me reste encore des livres après trois ans et demi avec toi, tu as ruiné mon intellect. Elle me demande si je ne veux pas un verre d'eau. Je lui demande si elle ne veut pas de nouveaux livres. Ou si elle préfère simplement une nouvelle petite amie. Arrête, dit-elle. Il se trouve que j'ai le numéro de téléphone d'une fille très gentille, je continue. Elle s'appelle Lis, elle est gardienne de prison et possède un cyclomoteur Puch Maxi. Lis sur son Puch, on dirait un porno lesbien. Elle ferme un carton et dit que c'est une situation difficile pour elle aussi. Qu'elle tient toujours beaucoup à moi. Je lui demande si elle est en train de devenir sentimentale, ou si elle vient encore de participer à un cours sur la langue des girafes. Elle dit que je contourne le sujet. Tu donnes l'impression que ce serait une mauvaise chose, je dis, il faut voir ça comme un code, des espaces vides qui ont besoin d'interprétation. Pourquoi dois-tu toujours être si obsédée par l'intrigue ? je lui demande. Je prends une inspiration. Elle me demande comment ça va avec mon asthme ces derniers temps, elle a l'air un peu inquiète. Je dis que je devrais lui léguer ma collection de livres, afin de peut-être lui donner la possibilité, à terme, d'acquérir un goût littéraire correct et d'aider ses étagères en bois, par ailleurs très jolies, à se débarrasser de l'absence de goût organisée dont elle les a chargées. Oui, si tu as l'intention de devenir nomade, autant que je garde les livres, dit-elle. Mais je te connais, je rétorque. Tu les vendrais tous à un bouquiniste bourré qui t'en donnerait un prix scandaleusement bas parce que tu n'as aucun sens de la bonne littérature. Elle ferme un autre carton. Je l'ouvre à nouveau. Le carton se désagrège. Quelques livres en tombent. Regarde ça, je dis. Je pointe mon doigt vers elle et je continue sur ma lancée. Et après, tu te servirais de l'argent pour acheter ces mêmes affreux livres parlant de ce petit garçon qui vole sur un balai et combat le Mal avec le Bien. Je fais des guillemets géants dans les airs. Je lui demande si elle se rend compte de ce que je pense de la fantasy. Elle hoche la tête. Non, tu n'en as pas idée, je réplique, tu n'écoutes jamais. Tu trouves le genre simpliste et tu es d'avis que les valeurs présentées s'appuient sur une rhétorique inquiétante de droite, et qu'en outre le message peu subtil retire toute la complexité qui est sans cela la plus grande force de la littérature par rapport aux autres médias, récite-t-elle. Tout en parlant, elle agite les bras, lève les yeux au ciel et parle plus fort et plus vite avec un accent du Jutland plus prononcé avant de reprendre son souffle. Et d'ailleurs, conclut-elle en sautant sur une chaise, c'est un problème toujours récurrent de créer un univers parallèle magique parce qu'il va se placer en opposition à un univers réel, comme si un univers réel existait. Elle fait des mouvements avec ses bras et ressemble à un roi qui contemple une foule. Elle place ses mains devant sa bouche comme un entonnoir. La réalité existe-t-elle ? crie-t-elle dans la pièce en faisant d'énormes guillemets dans les airs. Je souris à contrecœur. Elle saute de son trône. Tu vas me manquer, je lui dis. Toi aussi, répond-elle, nous nous sommes bien amusées. Je hoche la tête.

MONOLOGUES D'UN HIPPOCAMPE VII

Derrière ma rétine se trouve un album photos. Je ne peux pas arrêter les photos, elles ne cessent de défiler en une longue procession, comme des dominos qui ne tombent pas, mais se redressent l'un après l'autre à l'infini. Toi, au fond du jardin, au milieu de pots de fleurs et d'arbres du paradis, une seconde avant que tu ne découvres mon regard à la fenêtre. Un instantané de tes yeux qui croisent les miens dans un court éclat sous un lampadaire, et qui me donnent l'impression d'être la personne que j'aurais aimé être. Des peintures abstraites de tes pensées particulières, des dessins enfantins de nos projets d'avenir. Un cadre doré entourant la photo de ton visage alors que tu regardes ta nièce et que je te regarde. La photo des trognons de pommes que tu laisses traîner partout dans l'appartement comme autant de trophées. Tu mangeais toujours des pommes, de petites pommes ananas rouges, tu avais toujours un goût de pomme et une odeur de pomme, parfois je pensais presque que tu ressemblais à une pomme, que tu étais une pomme. Six fruits par jour, tu parlais de vitamine C, moi je pensais au fruit défendu. Un dessin au fusain de mon visage et je me demande si c'était ainsi que tu me voyais, ou si tu aurais juste souhaité que je ressemble à ça. Des esquisses à moitié terminées d'efforts sincères, des centaines de moments Kodak. Une photo de toi qui dors, cette paix m'étonne toujours, c'est comme si tu t'abandonnais à quelque chose en quoi personne d'autre n'ose croire. Ton profil dans l'obscurité, assise sur le rebord de la fenêtre à contempler la nuit, et toi avec tes joues douces, tu as toujours l'air de quelqu'un qui vient de cueillir des fleurs, et je suis convaincue que tu es la personne la plus normale que j'ai jamais rencontrée. Tes yeux écarquillés et mon regard sur ton sens des détails et de la beauté. Une image de taches rouges sur ton cou quand tu te mets en colère, une fresque dans une église avec la musique de milliers de tuyaux d'orgue qui résonnent dans la nef. La photo de ton corps nu étendu sur le sol de la cuisine tard dans la nuit, à moitié couvert par les ombres dansantes d'ustensiles de cuisine qui se balancent au plafond. Et toi avec tes yeux tournés vers le ciel, tu es une abstraction ambulante et tu flottes à un demi-mètre du sol et tu ne t'exprimes que sur des phénomènes et des choses qu'on ne peut pas toucher. Un dessin au crayon à papier de toi dans la position du lotus sur une lirette en train d'étirer tes mains dans la direction du soleil avec une tranquillité d'esprit exaspérante. Les contours de ton corps derrière le rideau d'une cabine d'essayage, la manière dont tu tournoies dans la robe et dont tu te souris dans le miroir, tes larmes qui coulent dans une tarte aux pommes qui n'a jamais été terminée. Une peinture de paysage de ton enfance, un dessin naïf avec des centaines de couleurs, c'est ton regard sur le monde. La photo de toi en train de jouer, quand un rayon de soleil fait briller ton saxophone si bien qu'on dirait que tu as les bras pleins d'or. Un festival de cerfs-volants vu d'un toit plat où tu te tiens debout, juste sous le ciel couvert de nuages blancs emmêlés envahis par les cerfs-volants flottant, descendant, dansant. Je zoome sur l'éclat joueur dans tes yeux, sur les petites secousses que tu donnes à la ficelle en regardant ton cerf-volant conquérir le ciel. Les bandes dessinées étirées de nos disputes, nous sommes des silhouettes unidimensionnelles, je crois que tu es Daisy, toujours offensée par une chose ou une autre. Tes bulles de pensées sont vides, et dans nos bulles de dialogues, il n'y a que des éclairs et des nuages d'orage et des haches. Et toi avec ton agaçant sourire énigmatique qui me remplit de doute, je veux faire ton portrait et l'accrocher avec une punaise au Louvre pour que la Joconde puisse faire une pause. Et toi assise au coin du feu, mangeant un épi de maïs, entourée d'une montagne de galettes de pain. Telle une déesse provocante, tu trônes et tu commandes et tu cries et tu diriges la marche du monde avec cet épi de maïs. Le tableau d'un impressionniste français, une collection de petits points qui commencent dans ton iris, deviennent les pores de ta peau, tes grains de beauté, les petits poils clairs sur ton ventre, les hématomes microscopiques, la cicatrice du vaccin contre la variole. Lorsque je m'approche de toi, tu n'es rien d'autre que des points scintillants de différentes couleurs, et tu ne commences à ressembler à une personne que lorsque je suis si loin que je ne peux plus te toucher.

On a tous une responsabilité, dit ma mère au téléphone. Elle veut que je l'accompagne à la collecte de fonds pour la lutte contre le cancer. Bien sûr, je lui réponds, c'est juste que je suis très occupée en ce moment. Je suis en train de dessiner des portraits de Thomas Kingo sur l'esquisse d'un menu que la femme de mon père m'a apportée. Café Chrysillis, j'écris tout en haut en grosses lettres alambiquées. Ma mère me demande ce qui m'occupe tellement. Je lui parle un peu de mon mémoire, car je suis vraiment en train de m'y mettre. Ma mère me demande si j'ai trouvé ne serait-ce qu'un sujet. Je baisse les yeux sur mon dessin. Thomas Kingo, je dis. Le rôle de Kingo en tant que médiateur et l'impact politique de ses cantiques au XVIIe siècle. Je suis moi-même impressionnée par le caractère réfléchi de ce que je viens de dire, et j'envisage un court instant de commencer à écrire un mémoire. Ma mère dit que si je m'intéresse tellement au XVIIe siècle, je devrais plutôt écrire sur Leonora Christina, qui a été emprisonnée pendant vingt-deux ans dans la tour Bleue. Elle a écrit toute une œuvre, intitulée *Souvenirs de misère*, me rappelle ma mère, elle aussi se plaignait constamment, ça t'irait comme un gant. Oui, mais j'ai choisi

Kingo, je rétorque. Ma mère dit que dans tous les cas, je peux bien trouver une heure ou deux pour une collecte de dons. Je ne serai plus ton esclave, les fardeaux que tu m'as imposés, je m'en débarrasse et je les refuse, je cite. Ma mère trouve que je dois cesser de ne penser qu'à ma petite personne. Je pense à Kingo, je réplique. Il n'a pas eu de cancer, dit ma mère, il a eu de la chance. Il a passé presque toute sa vie à compiler son livre de cantiques pour le roi, et ils ont tout jeté parce que personne ne le comprenait, je rétorque, voilà ce que c'est qu'être en avance sur son temps. Ma mère dit que je devrais plutôt penser au monde qui m'entoure. Qu'est-ce que tout cela, que le monde pare de jolies formes, ce ne sont qu'ombres et verre scintillant, ce ne sont que bulles et échos dans des vases vides, je cite à nouveau. Ton père t'a lavé le cerveau, soupire ma mère, on croirait que tu viens de te convertir. Elle explique combien ça me ferait du bien de sortir un peu, de prendre l'air tout en faisant une bonne action. Des Samaritains de luxe, je dis en dessinant un grand sourire à Thomas Kingo. Je lui explique que je ne veux pas être envoyée dans un coin paumé d'Aarhus pour me promener avec une boîte en plastique et quémander de l'argent à des personnes innocentes, comme si c'était le carnaval ou Halloween. Est-ce qu'on doit chanter sur le cancer quand ils ouvrent la porte, je demande, ou déclamer Kingo, et son poème *Les Pauvres de l'hospice d'Odense*? Ma mère m'explique qu'on choisit soi-même son itinéraire, et que c'est toujours amusant de voir comment d'autres personnes vivent dans leur intérieur. Elle s'étend longuement sur tout ce qu'on peut apprendre sur une famille rien qu'en regardant son entrée. Tu es d'une curiosité maladive, je constate. Intéressée par la sociologie, rétorque-t-elle, ça fait partie de mon travail. C'est une occasion de s'approcher des gens. Ma mère continue de parler pendant que j'allume mon ordinateur et que je cherche le nom de mon médecin. Une adresse apparaît sur mon écran dans le quartier de Marselisborg. D'accord, je dis, alors choisissons un itinéraire près du port de plaisance. Ma mère continue d'essayer de me convaincre de l'importance de la collecte, jusqu'à ce qu'elle se rende compte que j'ai dit oui. Ma mère m'annonce que je n'ai pas idée à quel point elle est soulagée d'apprendre que j'ai choisi de travailler sur Kingo. Le temps passe après tout, dit ma mère. Je commente, toujours avec l'aide de Kingo : Quelle est mon année, qui disparaît furtivement et passe silencieusement ; que sont mes soucis ; mon esprit lourd de pensées ; mes peines ; mes joies ? C'est bien, c'est bien, ma chérie, dit ma mère, à samedi.

*

Ma mère a apporté une bouteille de rosé dans un sac. De l'autre main, elle balance la boîte de collecte d'avant en arrière. Aujourd'hui, nous allons vraiment aider les malades, dit fièrement ma mère. Nous nous asseyons sur un banc près du port de plaisance, et ma mère sort deux gobelets de Thermos de son sac. Santé aux cancéreux, lance ma mère, espérons qu'ils guérissent tous bientôt. J'allume une cigarette. Oh, et puis on s'en fout, dit ma mère en prenant elle aussi une cigarette dans le paquet, pour une fois dans l'année. Nous contemplons le port, une mouette se pose devant le banc et nous observe. Elle a un poisson mort dans le bec. C'est incroyable qu'elles parviennent à manger ce genre de chose, dit ma mère. J'évoque la famille de mon ex-petite amie et leur penchant pour le poisson. C'est bien que tu t'en sois sortie, estime ma mère, ça a l'air morbide. Ma mère me demande si elle me manque toujours beaucoup.

Je hoche la tête. Une gentille fille, dit ma mère, aucun doute là-dessus, mais elle n'avait rien de spécial. Elle parlait vraiment beaucoup des animaux, c'était presque la seule chose dont elle parlait. Je regarde l'eau. Ma mère me prend la main. Des animaux par-ci, des animaux par-là, et des animaux partout, scande ma mère. Elle est soigneuse quand même, je rétorque. Ma mère dit qu'elle ne parle pas de maisons à longueur de temps sous prétexte qu'elle est agent immobilier. Je dis que j'aurais seulement espéré pouvoir être heureuse. Vous ne l'étiez pas, point final, déclare ma mère, tu rêves d'un conte de fées. Mais il est question d'un animal en réalité, je dis. Est-ce que tu cites Shu-bi-dua ? demande ma mère. Je hoche la tête. Tu as une culture tellement bas de gamme, ma chérie, constate ma mère, heureusement que tu as Kingo maintenant.

*

Nous faisons du porte-à-porte avec notre boîte de collecte qui s'alourdit de plus en plus. Quand les gens n'ouvrent pas, ma mère se colle à la fenêtre et regarde à l'intérieur. Si quelqu'un est assis de l'autre côté de la vitre, elle fait un signe de la main en souriant et montre la boîte. Nous sommes venues lutter contre le cancer, crie-t-elle alors. Ma mère raconte à un jeune homme qu'elle-même vient de guérir, et que c'est la raison pour laquelle c'est une cause qui lui tient à cœur. Elle montre son sein droit. Prothèse, chuchote-t-elle. C'est contraire à l'éthique, je proteste tandis qu'il va chercher de l'argent à l'intérieur. Les gens ont besoin d'un récit personnel, explique ma mère à voix basse, les maladies mortelles provoquent très difficilement l'empathie, c'est tellement abstrait. Le jeune homme revient avec 200 couronnes et nous sommes invitées à entrer prendre une tasse de café. Il demande si ma mère a toujours des douleurs après le traitement. On n'est plus jamais tout à fait la même, dit ma mère en montrant son cœur, quand on a regardé la mort dans les yeux. Le jeune homme acquiesce d'un air compréhensif. Il raconte que sa mère est morte d'un cancer du poumon quatre ans auparavant. Il se tourne vers moi et me demande comment j'ai géré la situation. Je me racle la gorge et regarde la photo d'une femme d'âge moyen sur le rebord de la fenêtre. Fantastique, lance ma mère, ma chérie, tu as été mon roc à travers toutes ces épreuves. Je hoche la tête. L'homme me sourit et dit que c'est important d'avoir un solide réseau de soutien. J'étais allongée là, continue ma mère, complètement chauve à cause de la chimio et terrifiée, et ma fille est venue tous les jours me remonter le moral. Elle me regarde avec amour, et j'ai la nette impression qu'elle se souvient vraiment d'événements qui n'ont jamais eu lieu. L'homme sort un album photos et s'égaye un peu en racontant avec animation quelques souvenirs d'enfance. Ma mère hoche la tête, sourit et pose des questions, et l'homme a l'air heureux. Il va chercher un autre album et raconte d'autres histoires sur la femme qui figure sur les photos. C'est important de montrer son amour à sa mère tant qu'on l'a, dit ma mère en me regardant. Oui, n'oublie jamais ça, renchérit l'homme en me souriant. Lorsque nous partons, ma mère prend le jeune homme dans ses bras. Il sourit en fermant la porte. Je regarde ma mère quand nous franchissons le portillon du jardin. Tu es vraiment une mythomane enragée, je constate alors que nous buvons le reste du rosé. N'importe quoi, rétorque ma mère, j'étais exactement ce dont il avait besoin. Ma mère trouve que la vérité est surestimée. Si on s'attarde sur les détails, on meurt d'ennui, explique-t-elle, et c'est presque pire que d'avoir le cancer.

*

Nous atteignons enfin la dernière maison de la rue. Sur la boîte aux lettres, le nom de mon médecin. Ma mère appuie sur la sonnette. Deux courtes fois et une longue. Je me redresse un peu, et j'essaye d'avoir l'air surprise quand mon médecin ouvre la porte. Il me regarde, je souris et je lui tends la boîte de collecte. Ma mère explique que nous sommes là pour la lutte contre le cancer. Mon médecin me regarde fixement. Ça alors, quelle coïncidence ! je m'exclame, c'est donc ici que vous habitez. Mon médecin hoche la tête. Le monde est petit, je dis. Pas si petit que ça, chuchote ma mère quand il rentre chercher son portefeuille. Ma mère place son talon dans l'ouverture de la porte pour l'empêcher de claquer. Elle passe la tête à l'intérieur. De très bon goût, chuchote-t-elle, simple, mais vraiment de très bon goût. La femme de mon médecin s'approche de la porte et sourit. Ma mère chante les louanges de la couleur des murs et demande si c'est un véritable Arne Jacobsen qu'elle aperçoit dans le salon. Je regarde un peu autour de moi. Il y a des nounours par terre, et sur les murs sont accrochés plusieurs portraits d'enfants. Comme ils sont mignons, s'extasie ma mère. Mon médecin revient à la porte et met 100 couronnes dans la boîte. Il dit qu'il espère que nous récolterons beaucoup d'argent pour cette bonne cause, et il me sourit. Je lui rends son sourire et je lui dis que nous nous reverrons probablement bientôt. Je crois que je couve une angine, je dis en toussant un peu. C'est sûrement les cigarettes, vous ne pourriez pas la faire arrêter de fumer ? demande ma mère à mon médecin. Il dit que c'est un choix personnel. J'acquiesce. J'espère qu'elle se comporte bien, dit ma mère, les enfants uniques peuvent être un peu difficiles. Mon médecin hoche et secoue la tête en même temps. Vous avez une fille adorable, l'assure-t-il. Absolument, répond ma mère, d'ailleurs, nous nous ressemblons beaucoup. Il nous regarde tour à tour. Nous lui sourions toutes les deux. Elle ne peut donc pas être si mauvaise que ça, dit ma mère en riant à gorge déployée. Mon médecin sourit anxieusement. Laisse tomber, me dit ma mère quand mon médecin a refermé la porte. Je marmonne que je n'ai aucune idée de ce dont elle parle. C'est ton médecin, dit-elle, et il est marié, il n'y a rien à faire. Peut-être qu'elle n'est qu'un feu de paille, comme Kate, je dis. Ma mère me donne raison et dit que la femme est vraiment insignifiante. Je hoche la tête. Mais parfois je crains pour ton état mental, insiste ma mère en me caressant les cheveux. Oui, il vaudrait mieux que je prenne rendez-vous avec mon médecin, je marmonne. Et puis, je croyais que tu préférais les femmes, remarque ma mère. Je réponds que c'est elle qui chipote sur les détails, et que d'ailleurs jusqu'à présent les femmes ne m'ont apporté que des problèmes. La boîte de collecte est devenue très lourde. Ce sont les cancéreux qui vont être contents, dit ma mère en souriant.

*

Le lendemain, je vais au zoo. Je l'observe à travers les barreaux. Elle est en train d'entraîner les otaries. J'aime la regarder quand elle ne se sait pas surveillée. Elle tient un cerceau et fait quelques bruits bizarres. Deux des otaries glissent à travers le cerceau. La troisième la regarde avec perplexité. Elle lance deux poissons aux otaries qui ont traversé le cerceau. La troisième continue à la regarder. Elle rit et s'approche d'elle avec le cerceau. L'otarie regarde le seau de poissons qu'elle tient à la main. Elle pose le cerceau et lui lance un poisson. Quand elle m'aperçoit, elle me fait un signe de la main et sourit. Nous nous asseyons sous un arbre. Je dis que ce qui n'allait pas dans notre relation, c'était notre façon de communiquer. Un vrai dialogue de sourds. Elle répond que j'ai probablement raison. Elle demande si nous ne devrions pas nous acheter une glace et la manger sur un banc au soleil. Ça m'agace qu'elle parle de nourriture tandis que je parle de sentiments. J'ai la sensation qu'elle est hors de ma portée. Trois rais de soleil touchent son visage, le soleil lui a toujours convenu. Je dis que c'était probablement le timing qui n'allait pas, tout est toujours question de timing. Elle me montre ma glace au chocolat qui dégouline. Mon pantalon jaune est taché de marron. Tu ressembles à une girafe, dit-elle en riant. Merde, je m'exclame. C'est de la patine, dit-elle. Elle me tend une serviette et dit que nous nous sommes rencontrées à l'exact bon moment. Qu'elle n'aurait pas souhaité qu'il en soit autrement. Je finis ma glace. Tu sens bon le bonheur, je dis, est-ce du *Happy*? Elle dit qu'elle est heureuse aujourd'hui. Heureuse est un bien grand mot, je réplique. Elle sourit et dit qu'on croirait entendre ma mère.

MONOLOGUES D'UN HIPPOCAMPE VIII

À l'intérieur de mon nez se trouve un mausolée, un Taj Mahal gigantesque, qui porte les odeurs du passé. Toi, avec ta peau qui sentait toujours les aiguilles de sapin, tu as gâché mes réveillons de Noël à perpétuité. Et toi avec tes vêtements qui sentent l'assouplissant synthétique et pas les fleurs malgré ce que tu crois. Tes doigts qui sentent la résine, et tes cheveux longs qui sentent le shampoing bon marché et les cigarettes King's bleues. Tes épaules enduites de crème solaire et ta peau recouverte d'une fine couche invisible d'eau salée, quand tout en toi sentait l'été. Le piment, l'ail et le curry, revenus dans l'huile, les volutes de fumée s'élevant dans la cuisine pendant qu'essoufflée tu émerges du brouillard et souris d'un air d'excuse. Ton odeur quand j'entre dans ton appartement, elle ne peut être ni expliquée ni décomposée, et j'y pense comme à un mélange de vieux livres, de piles de papiers, de plantes fanées et de tes pensées écrites. L'odeur lourde des poinsettias dans la pépinière de ton père, toi au milieu de tout ce rouge. Ton insistance obstinée pour les bougies anti-moustiques, les bougies parfumées en général, et tes bâtons d'encens dans un bol en terre cuite au chevet du lit. La terre

sur tes mains, votre sueur, votre sang, tous les liquides qui suintent de vos corps. Sans parler de votre peau à la jonction de l'épaule et du cou, de vos déodorants, de vos crèmes hydratantes et de vos parfums.
Miracle, Absolutely Irresistible, Desire Me, Chance, Pleasures, Obsession, Happy, Rush, True Love, Always Yours, Silences, Cool Water, Contradiction, Realities, Poison, K.A.O.S., Nothing.

TROISIÈME PARTIE

Où un anniversaire important approche à grands pas, et notre héroïne se lance dans la chasse aux mots ailés. Nous prenons congé du médecin qui, de son côté, évoque les liaisons chimiques et allume la lumière au bout du tunnel.

Je regarde le menu entièrement rédigé en français. Ma mère et moi sommes au restaurant. Elle sort un petit bloc-notes de son sac et inscrit soigneusement une rangée de petits gribouillis. Elle appelle le serveur et nous commandons. Ma mère fait comprendre par son langage corporel que ce qu'elle écrit est très secret. Le serveur part en cuisine avec notre commande. Ma mère me chuchote qu'elle agit ainsi afin de faire croire au serveur qu'elle est critique culinaire pour un célèbre magazine gastronomique. Tu es agent immobilier, je proteste à voix basse. Ma mère m'explique qu'il faut donner un coup de pouce à la réalité quand elle n'est pas adaptée à la situation et qu'elle le fait pour qu'on ait un meilleur service et peut-être une glace gratuite en dessert. Elle sourit distraitement au serveur et étudie intensément le menu. Elle annonce qu'elle doit sortir appeler son mari. Le rédacteur en chef, dit-elle à mi-voix vers la cuisine, tout en me faisant un clin d'œil. Le serveur hoche la tête avec lassitude. Ma mère est déjà venue ici. Elle sort en dansant. Je regarde ma mère par la fenêtre. Elle met ses lunettes et, très concentrée, elle regarde son téléphone portable tout en composant un numéro. Ma mère parle toujours plus fort quand elle utilise son portable, comme si elle n'avait pas vraiment confiance dans la communication sans fil. J'entends vaguement le bruit de sa voix, mais il m'est impossible de distinguer les mots. Elle regarde rapidement autour d'elle et sort un paquet de Prince 100 de son sac. Elle allume une cigarette et la fume en riant dans son téléphone. Elle s'essuie ensuite les mains avec une lingette humide et sort un chewing-gum de sa poche. Le serveur tourne en rond et a l'air de quelqu'un qui s'ennuie beaucoup. Je commande deux verres de vin blanc et les paye aussitôt. Lorsque ma mère revient dans le restaurant, elle déclare que les téléphones portables sont une invention du diable. C'est pour ça que tu as eu recours aux signaux de fumée ? je lui demande. Elle mâche son chewing-gum avec énergie. Les Indiens avaient tout compris, dit ma mère. Elle remarque les deux verres de vin blanc et son visage s'illumine. Offerts par la maison, je dis. Tu vois, répond ma mère triomphalement. Nous trinquons.

*

Je me réveille au milieu de l'après-midi parce qu'on sonne à la porte. Tu dors sur le lit à côté de moi. Je te touche tout doucement la joue pour m'assurer que tu existes vraiment. Tu ouvres les yeux et me souris. Quand j'ouvre la porte, il n'y a personne. Sur le paillasson est posé un grand panier entouré d'un nœud violet. Un gigantesque œuf de Pâques dépasse du panier. Le fond est recouvert de caramels de différentes couleurs et un poussin en peluche jaune veille sur l'œuf. Il y a aussi une cartouche de King's jaunes et cinq bières de Pâques. D'après la carte, c'est de la part du lapin de Pâques. Je vois mon père descendre l'escalier en courant. Papa, je crie. C'est le lapin de

Pâques, piaille-t-il d'une voix aiguë qui résonne dans la cage d'escalier. J'attrape le poussin par le cou et je pose le panier dans l'entrée. Tu me regardes de la porte de la chambre. Pourquoi ton père n'est pas entré ? tu me demandes. Mon père se prend pour le lapin de Pâques, j'explique. Tu me demandes ce que j'aimerais faire aujourd'hui. Je te regarde pendant que tu prends les caramels dans le panier pour les disposer en petits motifs sur le sol. Je vais me diviser en centaines de morceaux et prendre la forme d'un harem, je vais ressusciter sous la forme de seize vierges immortelles, même si c'est un peu trop tard pour cela, et nous t'encerclerons tandis que nous te nourrirons de raisins, en agitant des éventails dans nos trente-deux mains. Je vais te vénérer comme si tu étais la divinité de la pluie, t'attacher à un totem et danser autour de toi. Je vais organiser des campagnes de publicité sur toi, les coller dans les stations de métro, sur les trains régionaux et sur les façades des maisons, je vais te dérouler comme une affiche et décorer le monde entier, je vais te prêter à mes amies et je vais tourner un film muet avec toi dans le rôle principal, il sera en noir et blanc, avec une joyeuse musique au piano pour l'accompagner. Je vais te prendre en photo pendant que tu dors, ou filmer des émissions de jardinage où tu te promèneras avec un chapeau de paille dans des espaces verts en montrant des branches et en parlant des essences d'arbres. Ou je tournerai un documentaire sur toi, pour étendre la connaissance du public sur toi, je trouverai des vidéos ou des diapositives de ton enfance, je demanderai à tes anciens camarades de classe et à tes parents éloignés de raconter des anecdotes sur toi, et je vais te porter à bout de bras à travers la ville comme un trophée doré, en criant, regardez ces fossettes, je bois du champagne avec ! Tu croques un morceau de l'œuf de Pâques turquoise et tu me regardes.

*

Je dis à mon médecin que je me sens très bizarre, et que c'est peut-être parce que je suis tombée amoureuse. Mon médecin dit que la sensation de tomber amoureux a beaucoup de caractéristiques communes avec la folie et la toxicomanie. Je lui réponds que ses comparaisons peuvent être perçues comme choquantes. Toutes proportions gardées, dit-il, ce que nous ressentons quand nous sommes amoureux est créé à la base du cerveau dans l'aire tegmentaire ventrale ou ATV et dans le noyau caudé au milieu de la tête. Ces deux zones sont importantes pour la production de la dopamine, c'est-à-dire la substance qui génère le sentiment de bonheur. Mon crâne est chauffé au rouge de dopamine, je dis. Mon médecin me fait remarquer que les mêmes substances chimiques se trouvent dans l'héroïne, et qu'il y a donc lieu de s'interroger sur l'existence d'une dépendance. Il explique qu'il s'agit d'un système général de désir et que les objets de ce désir sont interchangeables et sans rapport sur la façon dont la substance chimique nous affecte. Je lui dis que je trouve difficile de gérer tous ces sentiments. Mon médecin me répond que l'amour n'a rien à voir avec les sentiments. L'ATV et le noyau caudé appartiennent à la partie primitive du cerveau, c'est pourquoi tomber amoureux devrait être considéré comme une pulsion. Mon médecin est pris d'un zèle pédagogique soudain et attrape un bloc de papier et un stylo à bille. Il dessine un cercle qui, je suppose, est censé représenter le cerveau. Je lui demande s'il ne devrait pas être un peu plus allongé, car comme ça, il ressemble à une pizza. Il répond qu'il est médecin et pas artiste. Un peu plus loin du cercle, il dessine un cœur et quelques flèches pointant vers le cerveau. Il explique que le fait d'être amoureux n'est rien d'autre qu'une forte concentration de dopamine et une faible production de sérotonine dans le cerveau, cette dernière étant la substance qui régule notre humeur. Plus le taux de sérotonine est important, plus nous sommes heureux, explique mon médecin d'un air enjoué. Il dessine un petit carré à l'intérieur duquel il écrit *sérotonine* en lettres majuscules et trace d'autres flèches vers un visage souriant. Mon médecin parle d'un chercheur italien qui a démontré de grandes similitudes entre les personnes amoureuses et celles qui souffrent de troubles obsessionnels compulsifs. Je lui prends le stylo des mains et dessine un petit bonhomme avec une grande moustache à côté de son dessin de cerveau. J'ajoute une bulle de dialogue où j'écris *Mamma Mia*, ainsi qu'une ligne en pointillé vers le cerveau pizza. Il regarde mon petit bonhomme italien et dit que c'était une femme chercheuse. Je rajoute deux tresses, mais je laisse la moustache. Les femmes aux cheveux foncés ont souvent des moustaches, je lui explique. Mon médecin regarde le dessin et hoche la tête. Il dit qu'elle a mesuré la concentration de sérotonine dans le sang chez un groupe de personnes amoureuses et chez un groupe de personnes souffrant de troubles obsessionnels compulsifs. Les deux groupes avaient un niveau de sérotonine qui était 40 % plus bas que la normale. Le sentiment d'euphorie débordante est donc lié à une forme de perte de contrôle, conclut mon médecin. Il me regarde comme si j'avais cessé d'exister, et je comprends que mon corps s'est dissous sous ses yeux. Il continue à parler de résultats de tests pendant que je dessine un petit hippocampe dans le cerveau pizza.

*

Ma mère m'appelle pour savoir comment cela se passe sur le front de l'amour. Je lui demande si c'est nécessaire d'utiliser des métaphores de guerre. J'entends ma mère marcher en talons hauts dans son appartement. Tu changes de sujet, dit-elle. Tu cliquettes, je réponds. As-tu cliqueté avec quelqu'un dernièrement ? me demande alors ma mère. Elle me dit qu'il est important d'appeler les choses par leur nom, comme ça on sait dans quoi on s'engage et on n'est pas blessé. Je lui réponds qu'elle est beaucoup trop conceptuelle, que je ne veux pas être soumise aux carcans de la petite bourgeoisie et que je ne mettrai pas mes sentiments dans des tiroirs simplement pour que d'autres personnes puissent s'y retrouver. Tu aurais dû vivre dans les années 1970, constate ma mère, tu t'y serais parfaitement adaptée, et à l'époque on s'habillait aussi de manière négligée. Ma mère dit qu'elle voudrait juste savoir si je suis en train de tomber amoureuse de quelqu'un, qu'une mère a le droit de savoir ce genre de choses. Je lui réponds que les personnes naissent seules et meurent seules et, entre les deux, passent le temps à se convaincre elles-mêmes qu'il existe une issue à la solitude. Que c'est une folie d'utiliser le concept de l'amour quand ce n'est qu'un synonyme d'évasion. On n'appartient à personne, je conclus. Ne sois pas si philosophe, ma chérie, dit ma mère, ça ne fera que te déprimer et t'alourdir. Ses talons cliquettent quand elle dit alourdir. Ça fait longtemps que je n'ai pas été aussi heureuse, j'annonce. Ma mère dit qu'elle peut encore adapter le plan de table si une personne supplémentaire doit venir à son anniversaire. *Kein Problem*, assure-t-elle, il suffit d'être ouvert. Elle ajoute que c'est vraiment bien que je sois tombée amoureuse. J'entends ses talons cliqueter par terre lorsqu'elle dit bien. Clic, dit le talon de ma mère.

MONOLOGUES D'UN HIPPOCAMPE IX

À l'intérieur de mon genou se trouve un métronome qui cliquette. Le laps de temps entre les clics est bref, ils surviennent lors d'une pause de la conversation, au milieu d'une phrase, après un silence, le cliquetis n'est pas compréhensible ou explicable, il ne peut que cliquer. Il y a des clics solitaires, des clics répétitifs, des clics inattendus, des clics prévisibles. C'est l'écho de tes talons aiguilles dans un tunnel et c'est la façon dont tes doigts craquent, c'est le bruit que tu fais quand tu mets tes barrettes ou que tu refermes le couvercle de ton tube de rouge à lèvres. Je suis une bombe à retardement, et je suis toujours à l'affût du cliquetis sous toutes ses formes. Je pense à toi, à ton clin d'œil, tu as un clin d'œil qui cliquette, le bruit vient de tes yeux qui disent clic. Cela fait clic quand tes fossettes apparaissent, changeant la structure de ton visage. Clic. C'est cet enchaînement de clics quand tes doigts frappent le clavier, c'est le clic quand tu ouvres la porte, c'est ce métronome qui clique en moi, tous les sons que tu suscites. Lorsque deux personnes pensent l'une à l'autre en même temps, un clic se répercute dans l'espace. C'est le bruit de pas humains, l'écho des battements du cœur, c'est la ligne de basse d'une chanson pop, c'est un rythme sur lequel on peut danser, c'est le déclencheur d'un appareil photo, tous ces clics me poursuivent. C'est un feu d'artifice de cliquetis, cette symphonie de clics, c'est le son d'un œuf que tu casses un matin, c'est la roue de la fortune d'une fête foraine, le clignotant dans une voiture. Ce sont les serrures d'une vieille valise, c'est la canette de bière et le backgammon. Cela fait clic chaque fois que quelque chose d'important se passe. Quand la trotteuse se déplace sur le cadran, quand les stylos à bille cliquent juste avant de signer, quand une vieille cassette arrive au bout de sa bande, quand une bouilloire s'éteint. Les gouttes de pluie sur les toits, les gens qui se coupent les ongles, changent de vitesse, se battent à l'épée. C'est le tic-tac de mon horloge biologique, c'est une ampoule qui claque, c'est une ceinture de sécurité que je boucle, c'est l'autoradio que tu allumes. C'est le moment où tu fermes une boîte-repas tôt le matin, quand nous mangeons du riz avec des baguettes la nuit. Et je les traque ces clics, ils déterminent la direction que je vais prendre, qui je suis, qui je fuis, vers qui je reviens en courant, qui je rattrape, avec qui je tombe, sur qui je me jette.

Pourquoi allons-nous toujours dans la Vieille Ville, je demande à Mulle, tu es une antiquité ambulante. Ma *spin doctor* adore se promener dans la Vieille Ville et nourrir de grandes pensées. C'est tellement stimulant d'être ici, s'exclame Mulle, tu ne sens pas le bruissement des ailes de l'histoire ? Tu es tellement bourgeoise, je réplique, les gens se promènent déguisés et jouent à vivre comme il y a trois cents ans, c'est quand même étrange. C'est la réponse du Danemark à Disneyland, explique Mulle en m'entraînant. Allons à la Haute Maison à colombage, suggère-t-elle, Kingo y est sûrement allé à son époque, et tu as besoin d'un peu d'inspiration. Ma *spin doctor* est maintenant tout excitée et me tire par la tresse. C'est comme si tu étais aveugle et que j'étais ton chien guide, je crie. Mulle ferme les yeux et agite les bras, viens Kingo, Kiiiingo. Ouaf, ouaf, j'aboie en essayant de la mordre à l'épaule. Un groupe d'enfants de maternelle nous croise, deux rangées égales de quarante-huit yeux écarquillés. Heureusement que tu as refusé d'avoir des enfants, constate Mulle. Deux petits garçons arrivent un peu après les autres, ils sont en plein combat d'épées et se piquent l'un l'autre avec des branches cassées.

Je pense à Mulle et moi quand nous étions petites, à la façon dont nous remontions toujours ensemble la fermeture éclair de nos manteaux roses assortis lorsque nous allions en sortie scolaire. Tu dois m'écrire un discours pour l'anniversaire de ma mère, je dis à Mulle, tu es ma *spin doctor*, c'est ton devoir. Que pourrait-on trouver à dire sur ta mère ? me demande Mulle. Ma mère dit que je ne fais que me plaindre, je dis. Mulle se racle la gorge et me regarde. Non, je proteste, je suis devenue une nouvelle et meilleure personne. Mulle acquiesce et admet que c'était certainement pire l'été dernier : maintenant tu ne te plains que de Kingo, dit-elle. Tu n'es pas en train de donner raison à ma mère, quand même ? je lui demande. Ta mère a toujours raison, me rappelle Mulle, n'est-ce pas sa devise ? J'acquiesce. Bien, prenons ça comme motif récurrent, décide Mulle, le fil conducteur du discours. Nous nous asseyons dans le Café de l'Entrée, Mulle sort un carnet et un stylo de son sac. *Inventio, dispositio, elocutio, memoria, actio*, énumère ma *spin doctor*. Le fil conducteur est que ta mère a toujours raison, et puis tu ajoutes quelques confessions humoristiques en cours de route. Et pour finir, conclut Mulle en frappant dans ses mains, tu dis quelque chose de touchant. Les changements de tonalité rendent le drôle plus drôle et le sérieux encore plus sérieux, explique ma *spin doctor*. Ce n'est pas comme ça qu'on construit un discours, j'objecte. C'est la seule façon de construire un discours, assure Mulle, si ça ne tenait qu'à toi, tu ne ferais que débiter des trucs incohérents sur les hippocampes et différents phénomènes abstraits jusqu'à ce que tout le monde s'endorme. C'est pour ça que les humanistes n'arrivent jamais à rien, conclut Mulle.

*

Le soir, lorsque j'entre dans ton appartement, je me poste devant toi. Tu as de la farine sur la joue et deux pâtes à pizza s'étalent sur la table de la cuisine. Est-ce que nous sommes en couple ? je te demande. Tu souris un peu et tu me touches les cheveux. Ma mère dit que c'est important d'appeler les choses par leur nom, je dis. Tu me demandes ce que j'en pense et tu te mets à découper un chorizo en tranches. Je pense que nous pourrions partager nos névroses, échanger nos pensées obsessionnelles et faire avancer notre passion, je réponds. Et nous serons des artistes pauvres, mais sans compromis, habitant un loft décrépi à New York. Sans électricité, et nous écrirons des recueils de poèmes incompréhensibles, des fragments métapoétiques avec des milliers de références intertextuelles à des philosophes cubains qui n'existent pas, car nous voudrons nous élever au-dessus des concepts et de la normativité, et nous recevrons d'innombrables prix que nous pourrons refuser de recevoir parce que nous ne croyons pas à ce genre de choses. Nous critiquerons la société et remettrons en question le mode de vie bourgeois, mettrons des lunettes de soleil sur la statue de la Petite Sirène en été et un bonnet sous la neige pendant que des centaines de Japonais nous photographieront, et nous nous embrasserons passionnément sous les flashs, et nous jouerons de l'harmonica et nous vivrons dans le présent, nous ferons le tour du monde et lierons de véritables amitiés avec les locaux et nous parlerons de la façon dont la culture du routard gâche l'authenticité, et nous problématiserons la notion de danitude comme concept. Tu me souris en râpant du parmesan. Et avant de mourir, je poursuis, nous ouvrirons une pizzeria, et nous dormirons dans le four en pierre à côté de cette pâte molle que tu auras préparée aux premiers rayons du soleil d'après une recette italienne transmise de génération en génération. Et nos pizzas auront la forme de divers signes de ponctuation et seront décorées de jambon de Parme et de petits morceaux de viande de bœuf reliés par du fromage fondu, et nos yeux brilleront comme deux tranches de pepperoni et nous éclaterons spontanément en chansons tout en vivant en marge de la société, en préparant de la marinade d'ail, en balayant le sol de la cuisine et en dansant dans des nuages de farine. Tu dis que ça a l'air super.

*

C'est le 1er mai. Mulle et moi buvons de la bière, assises sur une couverture dans le Jardin botanique. Le soleil brille et Mulle croit savoir jouer de la guitare. C'est ça le capitalisme, claironne-t-elle, l'ingratitude est le salaire des pauvres. Soudain, j'aperçois mon ex-petite amie se promener entre les arbres avec ses jumelles. Mulle, regarde, je chuchote en la montrant du doigt. Elle nous espionne, dit Mulle. Je crois plutôt qu'elle observe les oiseaux, je réplique. Mulle me dit d'aller lui parler. La structure de pouvoir s'est déplacée, explique ma *spin doctor*, c'est maintenant que tu as l'occasion d'avoir l'air équilibrée et au top. Mulle vient de rendre son mémoire de master sur les discours politiques. De plus, elle a bien le droit de savoir qu'elle a été remplacée, poursuit-elle, c'est le moment idéal pour stabiliser votre relation et communiquer sur un pied d'égalité. J'entre lentement dans le champ de vision des jumelles. Elle sourit et les abaisse tout en me serrant dans ses bras et en me demandant comment ça va. Je lui dis que je vois quelqu'un. Qui est cette heureuse personne ? demande-t-elle. Je m'apprête à lui reprocher son sarcasme évident, lorsque je me souviens qu'elle n'est jamais sarcastique. Je lui dis que je ne sais pas si je parviendrai un jour à être la petite amie qui conviendra à quelqu'un. Bien sûr que si, m'assure-t-elle. Je suis une fille unique, je lui rappelle, les enfants uniques sont très difficiles. Elle dit qu'elle peut rédiger un mode d'emploi détaillé et l'envoyer à la personne concernée. On peut être amies maintenant ? je lui demande. Bien sûr, répond-elle. Je ne veux pas dire du style des amies Facebook, je précise, ou des gens qui s'envoient des cartes à Noël par obligation, je veux dire de vraies amies, comme celles à propos desquelles chante Jodle Birge. Je comprends l'idée, assure-t-elle. Je hoche la tête et je lui annonce que j'ai arrêté d'être mélodramatique et odieuse. Elle répond que ça a l'air super, mais qu'il n'y a pas de mal à avoir le sens du drame. Je lui dis que c'est comme si l'actrice principale avait démissionné et que j'avais engagé quelqu'un d'autre. Comme si tout à coup je n'avais plus aucune idée de la pièce dans laquelle je joue. Tu ne crois pas que tu es juste un peu perdue ? demande-t-elle. Parfois, tu es plus précise que les comparaisons les plus précises, je lui dis, d'où tiens-tu ça ? C'est probablement ma perception sans pareille de la réalité, répond-elle. Quand nous venions de nous rencontrer, tu as donné mon nom à une otarie, je dis, tu t'en souviens ? Elle dit que c'était une otarie très mignonne, et elle me sourit. Nous pourrions acheter des colliers de l'amitié avec un pendentif en forme de cœur et l'inscription *best friends*, je lui propose, tu sais, comme ceux du milieu des années 1990. Ce n'est pas nécessaire, répond-elle en tournant mon visage vers le sien. Tu me connais mieux que quiconque, me dit-elle, c'est juste que tu es parfois une si mauvaise publicité pour toi-même. Je lui réponds que je suis désolée pour tout ce que j'ai dit, et tout ce que je n'ai pas dit. Je regarde mes mains. Ma ligne de vie est incroyablement longue, et ma ligne d'amour est coupée au milieu. Je lui montre l'intérieur de ma main. Elle la prend entre les siennes et m'assure que tout ira bien.

MONOLOGUES D'UN HIPPOCAMPE X

À l'intérieur de la paume de ma main se trouve un atelier. Je me tiens au milieu de la pièce, des pinceaux dans les cheveux et mes vêtements tachés de peinture, entourée de grandes toiles. Sur les murs sont accrochées de longues rangées de portraits de héros qui me regardent, et vous me rappelez souvent vos défilés triomphants et vos exploits. C'est vous qui avez combattu à mes côtés dans toutes mes batailles. Vous êtes une armée de guérilleros avec de la peinture verte sur vos visages, à l'affût et me défendant contre mes ennemis. Vous êtes des chauffeurs privés de limousines quand j'ai raté mon dernier bus, vous êtes une bande de correcteurs, lunettes sur le front, découvrant toutes mes fautes de frappe, et vous êtes de petits anges baroques potelés aux joues rebondies qui se perchent sur mon épaule et me chuchotent la bonne chose à faire. Vous êtes tous mes mots-clés, vous êtes tout mon cadre de référence, vous êtes des mains tendues vers mon inhalateur, vous êtes la lueur de ces briquets allumés dans une salle de concert où je chante, et vous êtes des souffleurs patients qui chuchotent mes répliques quand je deviens nerveuse, et je croise vos regards dans la petite trappe sous le plancher de la scène et d'un coup je sais exactement ce qu'il faut dire. Vous êtes la frontière naturelle entre mon anxiété et moi, la dernière étape avant que la solitude ne se referme sur moi. Ce sont vos mains que je cherche à atteindre, vous êtes cette forêt de bras tendus, vous êtes des livres ouverts et des yeux grands ouverts. C'est toi qui as apporté la paix dans le monde, agenouillée dans ton garage avec le signe de la paix dans les yeux pendant que tu peignais des banderoles avec de grandes lettres rouges, tu étais la déesse du chaos qui entonnait par bravade des chants de protestation sur la place de l'Hôtel de Ville à Copenhague, et c'est toi qui as comblé le trou de la couche d'ozone en quelques gestes rapides et puis n'y pensons plus. Et toi qui étais mon lundi bleu, tu étais les fast-foods et les sorties au parc d'attractions, une montagne russe, des hurlements hystériques, tu étais l'écho de tous les éclats de rire du monde. Et toi qui es une pizzeria où j'ai toujours envie d'aller, peut-être cette petite pizzeria crasseuse dans Vestergade, là où le fromage s'étire en filaments d'un mètre entre mes lèvres et la pizza, c'est toi qui n'as pas fermé à une heure tardive de la nuit avant que la gueule de bois ne me foudroie sur le chemin du retour de la ville, c'est toi qui es la numéro 34 avec pepperoni, bœuf haché et bacon et c'est toi que je ne veux partager avec personne. Et toi qui es à portée de main, tu es la folie essoufflée et stabilisée qui s'entortille autour de mon corps et lentement, très lentement, prend la forme d'une existence. Je contemple vos portraits dix secondes avant chaque crise de nerfs. Tout ira bien, vous répétez en chœur, tu es une fille bien, nous croyons en toi, et j'observe cette illustre assemblée et je sais que vous êtes sincères. Je sais qu'il n'y a rien de plus à dire, que les derniers points sont enfin posés. Quand la colère se sera apaisée, quand le désir se sera calmé, quand il n'y aura plus de larmes, il n'y aura plus qu'un grand et retentissant merci. Merci pour le temps, merci pour la danse, merci pour la confiance, merci pour les pensées, merci pour la bataille, merci pour tout.

Je suis chez mon père et j'essaye d'écrire les paroles d'une chanson d'anniversaire pour ma mère. Je fredonne des fragments de différentes mélodies. *Je suis l'avoine*, du *Højskolesangbog*, propose la femme de mon père, c'est une valeur sûre. *Shine On You Crazy Diamond*, dit mon père, Pink Floyd, on ne peut jamais se tromper avec ça. Mais on ne peut pas en faire une chanson, je proteste. Mon père a l'air blessé et se dirige vers le piano de sa femme. Pink Floyd vient prochainement jouer au Danemark, annonce mon père. Il raconte que ma mère prétend avoir eu une liaison avec David Gilmour quand elle était jeune. Ma mère est une menteuse compulsive, je rappelle à mon père. Je lui raconte notre collecte de fonds pour la lutte contre le cancer. Il sourit. C'est incroyable qu'elle ait eu le droit d'obtenir ma garde quand j'étais enfant, je constate, elle est irresponsable. Ta mère est peut-être un peu folle, admet mon père, mais au moins avec elle, on ne s'ennuie pas. Je lui demande pourquoi il la défend toujours, n'est-on pas censé détester son ex-femme ? je demande. La femme de mon père acquiesce. Je m'arrache les cheveux et baisse les yeux sur le papier. Ma mère appelle et demande où je suis. Au fond du trou, je réponds, tout au fond. Ma mère me demande si j'ai terminé les invitations pour son anniversaire. Je lui dis que j'ai scanné la photo d'elle bébé pour le recto, mais que je n'ai pas encore écrit le texte. Elle dit que mon père et moi sommes les personnes les plus lentes qu'elle connaisse. Maman dit que nous sommes lents, je dis à mon père. Minutieux, marmonne-t-il. Tu as de l'asthme aujourd'hui, ma chérie, dit ma mère, je l'entends à ta façon de respirer. Le pollen des graminées, je dis, les King's jaunes, accuse ma mère. Je gémis. J'ai reçu des allocations familiales pendant dix-huit ans pour transmettre ce genre d'informations, dit ma mère. Qu'est-ce qui rime avec agaçant ? je demande à mon père après avoir raccroché. Fascinant, répond-il, mais n'oublie pas que c'est une chanson d'anniversaire.

*

La grand-mère de Mulle fait des ronds avec son fauteuil roulant et discourt comme à son habitude sans mâcher ses mots. Elle porte un gigantesque chapeau de paille avec une fleur en plastique qui pointe vers le ciel. J'ai reçu onze compliments aujourd'hui, les gens disent que je suis bien assortie, dit fièrement la grand-mère de Mulle. Mulle raconte qu'elles sont allées au banco du Club des seniors. La grand-mère de Mulle me demande si je trouve aussi qu'elle est bien assortie. Je lui réponds que son chemisier imprimé léopard fait sensation avec sa jupe plissée turquoise. Elle hoche la tête avec satisfaction. Tu sens l'ail, accuse la grand-mère de Mulle, as-tu mangé quelque chose d'ethnique ? Elle nous parle de quelques musulmans qui habitent dans son immeuble. Ils jouent de la musique étrange, explique-t-elle et ils se reproduisent comme des lapins, chaque matin il y a un nouveau gamin noir qui crie dans la cour. C'est normal que les gens soient différents, réplique Mulle, le monde est un village global aujourd'hui, nous ne vivons plus dans les années 1930. Nous y sommes presque, dit la grand-mère de Mulle en regardant la Vieille Ville d'un air béat. Au moins, il n'y a pas trop de femmes enturbannées par ici, crie-t-elle. C'est très dommageable pour ta carrière politique, je dis à Mulle. Ma *spin doctor* me demande où en est mon discours pour l'anniversaire de ma mère. Je suis un peu coincée, je réponds. Oui, j'ai l'impression, constate Mulle. Ma mère dit que j'étais grosse quand j'étais petite, c'est vrai ? je demande. Tu étais une petite fille très grassouillette, dit la grand-mère de Mulle, tu avais de grosses joues, comme des ballons. Je regarde ses bras à motif léopard qui pointent vers mon ventre. Et quand on soufflait sur le haut de tes bras ou qu'il y avait du vent, ils tremblotaient, poursuit la grand-mère de Mulle, comme du pudding à la vanille. N'oublie pas que tu n'as pas le droit de frapper les vieilles dames, me prévient Mulle. La grand-mère de Mulle la regarde. Et ta mère, ma belle-fille, elle est complètement timbrée, dit-elle à Mulle en mettant de grosses lunettes de soleil. La mère de Mulle a été internée dans le service psychiatrique de l'hôpital de Risskov à plusieurs reprises durant son enfance, si bien que pendant de longues périodes elle a habité chez sa grand-mère. Mulle baisse la tête vers la pelouse. Ma mère aussi est timbrée, je dis en enlaçant Mulle d'un bras. La moitié du visage de la grand-mère de Mulle est désormais recouverte par ses lunettes de soleil noires à l'épaisse monture dorée. Maintenant tu ressembles à Michael Jackson, je dis à la grand-mère de Mulle. Elle remonte les lunettes sur son front. Il était tellement énervant, siffle-t-elle, il sautait partout comme un singe. Et puis ce nez, tout le temps sur le point de tomber, ajoute-t-elle, une fois noir, noir toujours, mais au moins il a essayé de devenir comme nous autres. Mon téléphone sonne, c'est mon père. Coucou ma puce, dit-il. Est-ce que Grethe est encore malade ? je lui demande. C'est le pasteur ? chuchote la grand-mère de Mulle en réajustant son chapeau. Mon père est à Fona, où on vend les billets pour les concerts. Je suis le quatrième dans la queue, explique-t-il à bout de souffle. C'est pour Pink Floyd. Je lui réponds que j'ai essayé d'obtenir des billets en ligne toute la matinée, mais sans succès. Mon père a transformé le presbytère en quartier général de la chasse aux billets qui a commencé aujourd'hui. Une carte du Danemark est dépliée sur la table et il a missionné des gens aux quatre coins du pays pour faire la queue devant leurs magasins de musique locaux et d'autres pour essayer d'y parvenir par téléphone. Quel est le problème ? je lui demande, tu travailles sur cette campagne depuis un mois. J'ai un enterrement à 14 heures, explique mon père, et le système de la billetterie en ligne est en panne, il faudrait que tu viennes prendre ma place dans la file d'attente. Mon père a l'air désespéré.

*

Mulle et moi nous précipitons en poussant le fauteuil roulant. Et le concert-promenade ? crie la grand-mère de Mulle, qu'est-ce qui vous prend ? Nous aidons le pasteur, explique Mulle à sa grand-mère, il aimerait aller au concert. Moi aussi, grogne la grand-mère de Mulle. Le fauteuil roulant est très lourd. Peut-être que c'est toi qui es un peu grassouillette, je dis à la grand-mère de Mulle alors que nous passons en trombe devant les marches de Den spanske Trappe sur l'Åboulevard. Tu n'es pas en forme, c'est tout, dit-elle tout en nous guidant à travers la ville. J'appelle ma mère pour lui dire que mon père a besoin de renfort. Quand nous arrivons enfin à Fona, la file d'attente s'étire jusqu'au pont Clemens Bro. Nous garons la grand-mère de Mulle à l'extérieur et allons rejoindre mon père. Il a l'air très inquiet. C'est incroyable comme les gens doivent toujours mourir au pire moment, je lui dis. Nous n'aurons jamais de billets, déplore mon père. Il est désormais seizième dans la file d'attente. Tu n'es vraiment pas doué pour pousser et jouer des coudes, je constate, tu laisses les gens te doubler, tu es trop gentil. Mon père a l'air triste. Ils n'ont pas joué *The Wall* depuis la chute du Mur, dit-il, malheureux. Il regarde sa montre, puis nous embrasse Mulle et moi sur la joue avant de courir vers la voiture où l'attend sa femme avec sa robe pastorale. Tout à coup, un tumulte se fait à l'arrière de la boutique. La file d'attente s'ouvre en deux, les gens s'écartent pour former une petite allée jusqu'à la caisse. Ma mère s'y engage avec un sourire triomphant, en poussant la grand-mère de Mulle devant elle dans son fauteuil roulant. J'entends des bribes de la voix de ma mère. Elle a une sonorité familière et attirante. Quelque chose avec la grand-mère de Mulle qui serait en phase terminale et qui aimerait entendre Pink Floyd une dernière fois avant de mourir. C'est ma dernière volonté, crie la grand-mère de Mulle. Il lui reste six mois au mieux, explique ma mère. Elle parle de finir sa vie en beauté. Les gens se poussent instinctivement et crient de laisser passer. Je voudrais tellement entendre Pink Flûte, hurle la grand-mère de Mulle. J'apprends maintenant que son mari, le grand-père de Mulle, est apparemment mort au moment de la chute du Mur et que la musique de Pink Floyd rappelle à la grand-mère de Mulle leur vie commune. Elle retire ses lunettes de soleil, joint les mains et sourit doucement. Ma mère traverse la foule à grandes enjambées. Quand elles arrivent enfin en tête de file, ma mère se retourne et remercie tout le monde pour leur touchante générosité. Vous aurez rendu une vieille dame très heureuse, dit ma mère. Les gens applaudissent et sourient.

*

C'est le soir et tu feuillettes un livre dans mon lit. Je regarde l'écran de mon ordinateur. J'ai ouvert un document qui s'appelle Mémoire, mais qui est malheureusement vide. Tes boucles brunes tombent sur ton front, et tu n'arrêtes pas de les repousser machinalement avec tes doigts. Tu me demandes comment ça se passe avec Kingo. Tu as l'air très sérieuse, même quand tu souris, comme si tu gardais tous les secrets du monde. J'imagine en toi un ancien jardin chinois où fleurissent des cerisiers roses et où des gens sont assis dans des maisons de thé peintes en blanc, bavardant en toute confiance. Un feu d'artifice se déclenche dans mon corps et je me prépare à te faire une déclaration d'amour. Mais voilà que je ne me souviens plus comment on est censé dire ce genre de choses. Je suppose que je dois te le dire très sérieusement, peut-être au clair de lune. Dehors, la nuit tombe peu à peu, la lune est presque pleine et se dresse telle une coupole brillante au-dessus de la cathédrale. Je me racle la gorge et je me lance en commençant par un long monologue. Tu as l'air effarée et tu me demandes si je suis sur le point de te quitter. Je me fige et je proteste, non, non, ça se passe merveilleusement bien. Je me dis alors que je devrais le dire au milieu d'un éclat de rire, pour qu'il n'y ait aucun malentendu, l'amour est une chose joyeuse après tout. Il faudrait que ce soit un matin où tu es d'humeur anecdotique et que tu racontes une de tes innombrables histoires, et juste à l'apogée de ton éclat de rire, juste à la seconde où je pense qu'on doit y être, juste là dans la brève onde sonore où nos rires se mélangent, je le dirais. Mais cela pourrait paraître peu sérieux, pas assez profond. Alors ce doit être à un stade intermédiaire, un mélange de joie et de sérieux, peut-être un jour complètement ordinaire. Oui, je vais le dire un soir en toute décontraction, pendant qu'on prépare le dîner : pas trop de piment, passe-moi le lait de coco, je t'aime, tu crois qu'il faut plus de sel, non, pas davantage de piment voyons, si vraiment, les spaghettis débordent, enlève le couvercle, ça fait longtemps que je veux te le dire, non, retire-le complètement, je suis sérieuse, je t'aime. D'un autre côté, cela semble trop banal et désinvolte. Je crois que je vais faire simple : je vais t'arrêter dans l'embrasure d'une porte, prendre tes mains et te le dire. Mais que faire si tu me regardes et que tu dis : oula, c'était intense, tu es bourrée? ou bien : tu ne crois pas que tu prends cette relation un peu trop au sérieux? Ou peut-être que tu vas sourire un peu et dire : comme tu es mignonne, et puis te dépêcher de changer de sujet, et parler d'un article que tu as lu récemment sur la contamination des eaux usées par exemple, ou dire que tu vas vite aller chercher des cigarettes au kiosque pour ne jamais revenir. Ou si tu ne fais que répéter mes paroles avec le plus grand naturel, presque sans pause, au cas où tu penses que je l'ai juste dit pour que tu me le dises, et que tu ne réfléchis même pas à la pertinence de l'affirmation avant de l'exprimer, parce que tu veux éviter une situation gênante ou ménager mes sentiments, ce qui bien entendu serait prévenant, mais aussi à la limite de l'humiliation. Je m'éclaircis la gorge et j'explique qu'il y a quelque chose que j'ai beaucoup de mal à dire. Tu poses ton livre et tu me regardes. Tu as des lettres dans les yeux et de l'encre d'imprimerie sur les doigts. Seize chaises sèchent, je dis, c'est presque complètement impossible. Tu hoches lentement la tête. En particulier si on le répète encore et encore, je dis, c'est condamné à rater. Seize sèches chaisent, autant éviter d'essayer. Tu commences à parler de l'importance de faire un plan et tu montres mon bureau. Je trouve cela très désagréable, pourquoi es-tu si terre à terre ? je te demande. Nous parlons un peu de bibliographie et de sources littéraires. Je m'endors au milieu de la formulation de la problématique, mais tu restes assise à mon ordinateur et tu consultes différents livres. Je t'entends feuilleter l'histoire de la littérature et te parler un peu toute seule. Quand tu t'allonges enfin à côté de moi, je sens que tu portes un maillot de foot synthétique, je crois que c'est le bleu sur lequel est écrit *Pelé*. Tu écartes mes cheveux de mon oreille et tu te blottis tout contre moi. Seize chaises sèchent, tu chuchotes juste avant que je m'endorme.

MONOLOGUES D'UN HIPPOCAMPE XI

À l'intérieur de ma gorge, il y a une cathédrale, et c'est là que se cachent les mots. Un ruban est attaché autour de mes cordes vocales, mais je vais les trouver, ces mots que je cherche toujours. Je t'aime, j'ai murmuré une nuit où j'avais seize ans, ne sachant pas encore si ce n'était qu'une pensée. Mais mes mots ont résonné contre les murs tel le tonnerre jusqu'à ce que tu les répètes. Et tout à coup, c'est devenu plus réel parce que la pensée a été prononcée et est devenue cette phrase qui a vibré un bref instant tel un néon. Toi qui étais assise avec ta guitare sur la pelouse sous le marronnier, les clochettes dans tes tresses qui tintaient, tu voulais changer le monde, et je suppose que tu essayes encore de le faire aujourd'hui. C'est pour ça qu'il y a des trous dans toutes les guitares du monde, tu disais, la résonance, c'est dans l'air que le bruit s'amplifie. Ces trois mots s'appliquent à vous tous, vous qui me reviendrez toujours, et vous que je n'ai connus que brièvement, toi que j'ai vu disparaître lentement et toi qui étais partie en un instant. Ils sont coincés dans ma gorge, et ils résonnent dans une cathédrale, ces trois mots, ils sont des jouets et des surprises et du chocolat, ils sont la trinité en laquelle nous croyons. Ce sont trois mots réunis en une phrase, des sons qui relient les gens de manière inextricable, ils sont le début et la fin et les longs passages ennuyeux, ils sont la préface, l'histoire et la postface, ils sont la première note gribouillée qui est tapée, et le dernier écho qui se tait, ils sont du free jazz et le refrain d'une chanson pop modulé à l'infini, ils sont la symphonie la plus courte du monde, un chœur de gospel gigantesque qui se tient dans une cathédrale et crie sa joie au monde entier.

Mulle et moi avons la gueule de bois, et nous regardons la comédie romantique de Susanne Bier *Den eneste ene* dans mon lit. C'est la scène de la rencontre entre le héros Niller et l'héroïne, lorsqu'il sonne à la porte pour commencer à monter sa cuisine. Je dis que tout comme les gens ont des noms différents, chaque nom devrait être relié exclusivement à une déclaration d'amour unique, avec une signification particulière associée. Ainsi, les déclarations antérieures pourraient briller en paix, et rester vraies à l'intérieur de leur propre espace-temps. Vous, les humanistes, vous vous compliquez tellement la vie, gémit Mulle. De cette façon, une nouvelle déclaration d'amour pourrait devenir une vérité en soi et pas seulement un écho du passé, je poursuis, un écho des visages associés à ces mêmes mots. Je dis que je ne sais plus dire je t'aime de la bonne manière. Mulle répond que je n'ai qu'à m'imaginer que je suis une alcoolique à ma première réunion des AA. Il faut juste le dire à voix haute, explique Mulle, c'est ainsi qu'on l'accepte réellement, et la fois d'après, c'est plus facile. Mais s'il y a un silence gênant une fois que je l'aurai dit ? je demande. Mulle hoche la tête et met ses lunettes. Elle dit qu'une déclaration d'amour est l'une des déclarations les plus structurantes qui soient. D'un côté, c'est une sorte de renonciation au pouvoir, explique-t-elle, mais de l'autre, on presse aussi le destinataire dans une position de récepteur involontaire, ce qui permet de conserver son pouvoir par rapport aux rôles établis. J'acquiesce et j'allume une cigarette. Ma *spin doctor* me suggère de faire comme si je le disais dans mon sommeil. Mulle s'allonge sur mon lit les yeux fermés. Je t'aime, chuchote-t-elle indistinctement en ronflant légèrement juste après. Elle se redresse et me regarde. S'il n'y a pas de réponse, dit-elle, tu agites un peu les jambes et tu fais semblant de rêver. Je pourrais peut-être le dire dans une autre langue, je suggère. Ou alors le chanter, ajoute Mulle, comme Whitney Houston dans *Bodyguard*. Tu regardes tellement de mauvais films, je constate. Mulle réplique que c'est avec moi qu'elle les regarde, alors moi aussi. Quand je regarde de mauvais films, c'est pour parfaire mon style *camp*, j'explique, parce que je garde un point de vue critique vis-à-vis de la culture populaire. On sonne à la porte. C'est Niller pour la cuisine, hurle Mulle.

*

C'est le mari de ma mère qui est à la porte. Ma mère lui a demandé de passer pour réparer la canalisation dans ma cuisine. Mulle et moi discutons de la langue la plus appropriée pour une déclaration d'amour. L'albanais, suggère le mari de ma mère, *te dua*. *Te dua*, ça a l'air trop simple, dit Mulle, *te dua*, fais ce que tu sais faire de mieux, c'est ce que nous faisons, on dirait le slogan d'une banque. Je suis d'accord, je dis, ça doit être un peu plus solennel. Cambodgien, suggère la voix sous l'évier, *soro lahn nhee ah*. On dirait une expiration ou un bâillement, dit Mulle, ça ne va pas, elle ne pourrait le dire que le soir. *Bahibak*, propose le mari de ma mère en tapant sur les tuyaux, c'est du libanais. Très rythmé, ça swingue bien, dit Mulle en tambourinant des doigts sur l'évier, on dirait presque quelques battements de cœur. Elle pose sa main sur mon cœur. *Ba-hi-bak*, *ba-hi-bak*, dit-elle en rythme. Trop festif, je dis, on dirait quelque chose qu'on crierait pour dire santé, ou bonne année, pas assez solennel. Le mari de ma mère sort la tête de sous l'évier et me regarde d'un air résigné. Il a des petites gouttes d'eau dans ses cheveux gris. Gaélique, propose-t-il, *ta gra agam ort*. Mulle secoue la tête, ça a trop l'air d'une formule magique. Je hoche la tête. Potion de sorcière et élixir d'amour, ailes de chauves-souris, os de papillons, sang d'araignée et une petite pincée de *ta gra agam ort*. Ça ne va pas, je dis. Le mari de ma mère se lève, ouvre le robinet et regarde les tuyaux. Il hoche la tête, satisfait. Je sors trois bières du réfrigérateur et nous trinquons. *Bahibak* et merci pour ton aide, je lui dis. Une demi-caisse de bières plus tard, nous en sommes au mandarin. *Wo ai ni*, dit le mari de ma mère. Ça ressemble trop à une comptine pour enfants, je dis. Mulle trouve que ça ressemble à un des exercices de notre livre de lecture à l'école primaire, quand nous devions apprendre les voyelles. Nous restons quelques minutes assis sans rien dire. *Negligevapse*, s'écrie tout à coup le mari de ma mère, *negligevapse*. Adorable et détendu, dit Mulle, presque joyeux. Cinq syllabes, trois voyelles, neuf lettres différentes, de bonnes possibilités d'anagrammes, je dis. *Negligevapse* n'est qu'un seul mot, ajoute Mulle, il transcende la structure du pouvoir en éliminant la relation de donneur-receveur. C'est quelle langue ? je demande. C'est de l'inuit, dit le mari de ma mère. Ce sont les Sinusites qui la parlent ? je demande. Les sinusites sont des infections des sinus, dit le mari de ma mère. Les enfants qui ont des sinusites récidivantes souffrent souvent du syndrome de Kartagener, qui peut s'accompagner de *situs inversus*, des organes en miroir. *Negligevapse*, *negligevapse*, chante Mulle.

*

Negligevapse, je chuchote à ton oreille le lendemain matin. Tu ouvres les yeux une courte seconde, tu souris et tu te rendors. J'appelle Mulle pour lui rapporter que ça a l'air d'être le mot parfait. Quand tu te lèves quelques heures plus tard, tu dis que tu as de la mousse dans le cerveau aujourd'hui. De grandes surfaces de mousse toute douce, tu dis en t'étirant. Tu racontes qu'à la fin de l'été, tu iras jusqu'en Fionie, juste pour marcher, plongée dans tes pensées, et photographier des brins d'herbe et des coquelicots jusqu'à ce que tu sois arrivée. Tu veux aussi un vieux landau bleu que tu pousserais devant toi tout le long du chemin. Je peux m'asseoir dans le landau ? je lui demande. Peut-être, tu réponds. *Negligevapse*, je dis. D'accord, d'accord, tu dis, alors c'est réglé. J'essaye la robe pour l'anniversaire de ma mère. Tu caresses le tissu et tu t'émerveilles d'avoir gagné le gros lot avec moi. *Negligevapse*, je dis en détournant la tête. Arrête, elle est belle, tu dis. Je l'accroche à un cintre et pense à mon discours. Tu fais le café, je vais chercher les brioches à la cannelle, je lance, vive le travail d'équipe. Je fredonne sur le chemin de la boulangerie, *negligevapse*, je chante, ça passe partout. Quand tu m'auras battue aux dés pour la septième fois d'affilée au bistrot Peter Giftet que tu ne pourras plus cacher ton sourire triomphant, j'écarterai les mains en m'abandonnant et je gémirai *negligevapse*, et tu me répondras, toi-même, et, c'est juste un jeu, et quand nous ferons du vélo dans la circulation du matin, et que tu diras que je roule comme une psychopathe et que tu me demanderas si je ne peux pas enfin m'acheter un casque, je regarderai ton regard inquiet et je foncerai au rouge avant de me retourner en criant un *negligevapse* qui fera trembler tout Tordenskoldsgade, et tu diras que ce n'était pas ce que tu voulais dire, mais que tu aimerais bien me garder encore quelques années. Je dirai un *negligevapse* un peu gémissant quand tu t'énerveras contre l'écran de la télévision et que tu taperas du poing sur la table. *Neglisevapse*, je dirai d'un ton conciliant, et tu diras qu'il n'en est pas question si Contador triche, et que le cyclisme ce n'est plus ce que c'était. D'autres fois, je le marmonnerai très faiblement, et tu lèveras la tête de ton livre, mi-tendre et mi-furieuse d'avoir été dérangée. Nous ferons les courses, nous ferons du roller, nous boirons du café dans les laveries automatiques, nous jouerons aux devinettes dans les bus, nous construirons des sculptures de sable sur le rivage, nous nous embrasserons aux intersections et nous louerons des films et nous construirons des petites tours de frites dans les fast-foods. *Negligevapse*, je dirai. Un après-midi où tu t'ennuieras un peu, tu chercheras *negligevapse* dans le dictionnaire, puis dans un dictionnaire étymologique, mais tu ne trouveras pas d'explication. Une ride d'agacement apparaîtra sur ton front et tu te gratteras un peu le menton et tu appelleras ton père pour lui demander de regarder dans son encyclopédie. Ton père sera ravi de cette occasion de faire l'éloge des encyclopédies et de nommer différentes faiblesses de la technologie moderne. Tu fermeras les yeux à moitié et inspireras profondément et diras *ne-gli-ge-vap-se*. Ton père feuillettera et feuilletera et tu entendras les pages bruisser au téléphone et il mettra ses lunettes et tournera les pages de plus en plus vite. La ride agacée de ton visage traversera le pont du Petit Belt et touchera le front de ton père, et il se grattera le menton et dira qu'il y a un problème avec ce mot, et en tout cas ça ne vient pas de l'encyclopédie. Tu seras très têtue et tu refuseras de me demander ce que *negligevapse* signifie, et tu feras de petits diagrammes et tu dessineras des graphiques sur les fréquences et les situations où je dis *negligevapse*. Et tu resteras debout toute la nuit avec tes crayons de couleur et tu essayeras de décoder la signification, mais lentement tu te désintéresseras, et tu croiras que c'est juste un son que je prononce compulsivement, peut-être le fragment d'une chanson dont je me souviens mal, et tu ne sauras pas que c'est une déclaration d'amour répétée. Pour finir, tu commenceras aussi à le dire, un peu pour rire au début, en plaisantant, pour imiter ce que je fais quand tu crois que je fais la folle, puis tu le diras à intervalles réguliers parce que nous prendrons lentement nos manies et nos expressions l'une de l'autre et alors nous pourrons peut-être nous dire *negligevapse* chaque fois que cela nous passera par la tête.

*

Cela faisait longtemps, constate mon médecin quand je franchis la porte. Je lui dis que je suis une bombe à retardement de dopamine, que je peux exploser à tout moment. Mon médecin trouve que j'ai l'air heureuse. Je regarde l'alliance de mon médecin et je lui demande s'il croit en l'amour éternel. Il me répond que ce qui s'en rapproche le plus, c'est l'affection, parce qu'elle est produite dans les parties du cerveau qui sont contrôlées par nos émotions et pas par nos instincts primaires. Qu'est-ce qui provoque l'affection ? je lui demande. En même temps que la dopamine – et donc le sentiment constant de bonheur qu'elle inspire – s'affaiblit, elle est remplacée par l'ocytocine, me dit mon médecin. Ce n'est pas un détachant, ça ? je demande, les couleurs restent, les taches disparaissent ? Il secoue la tête et explique que c'est une hormone qui est produite dans l'hypophyse, une glande suspendue à une tige sous le cerveau, au milieu du crâne. Alors l'amour se balance au bout d'un crochet dans notre cerveau, je dis, c'est troublant. En fait, je suis ravie. C'est une petite cloche qui sonne, c'est une chauve-souris qui dort la tête en bas sur un fil de téléphone, c'est le squelette d'une mouche morte qui se balance dans une toile d'araignée. C'est une goutte de pluie sur un fil à linge, c'est une larme sur un cil, c'est un chapeau d'été sur un portemanteau perroquet, je dis. Quoi qu'il en soit, poursuit mon médecin, l'ocytocine augmente la sensibilité de nos nerfs et fait se contracter les cellules musculaires. Alors ce sont des contractions musculaires arbitraires qui décident de notre capacité à créer des liens durables avec une autre personne ? je demande. Ou avec les animaux, ajoute mon médecin, les souris des champs forment des couples à vie parce qu'elles produisent de très grandes quantités d'ocytocine. C'est ce qui garantit la capacité à former une relation monogame. Je ne sais pas si je suis capable de créer des liens durables avec quelqu'un, je dis, que faut-il pour que ça fonctionne ? Chez les humains aussi, un niveau élevé d'ocytocine chez les deux partenaires augmente la possibilité que les deux personnes restent ensemble, dit mon médecin en faisant un peu tourner son alliance. Alors les personnes qui produisent de la dopamine ne sont pas nécessairement les mêmes qui libèrent de l'ocytocine, je constate. Il secoue la tête, en ayant l'air de s'excuser. Une fois tous les cent ans, il se peut que les deux coïncident, je dis. Mon médecin me donne raison. Il raconte que, selon une étude, un couple sur dix est capable de produire, après de nombreuses années, les mêmes substances chimiques que les jeunes amoureux. Dans les relations de couple qui réussissent, les deux partenaires tombent amoureux selon le même schéma mental que les cygnes, dit-il. Il ne faut jamais dire toujours, je réplique, on ne doit jamais être sûr de rien. Seulement en sciences naturelles, dit mon médecin, avant de rapporter une autre étude sur une série de couples heureux et ensemble depuis plus de vingt ans. Quand ces couples voyaient des photos de leurs conjoints, leur IRM montrait qu'ils libéraient la même dose de dopamine génératrice de bonheur, habituellement visible uniquement chez les personnes dans la toute première phase d'une relation amoureuse. Est-ce enfin la preuve que l'amour existe ? je lui demande. Mon médecin hoche la tête, sourit et m'assure que personne ne peut tricher lors d'un scanner cérébral.

*

Ma mère aura soixante ans samedi. Nous sommes dans sa maison d'été à Amtoft et nous préparons des compositions florales pour les tables. Une montagne de roses blanches et roses se dresse devant moi. Ma mère est heureuse et rit dans la lumière du soleil. Elle agite les bras et dit, ce sera une belle fête. Toutes les fleurs de sa composition sont de travers et la petite figurine en plastique au milieu, qui lui ressemble, est sur le point de tomber. Où les as-tu trouvées ? je lui demande, tu es vraiment bien en version plastique. Ma mère dit que ce sont des figurines de gâteau de mariage, mais qu'elle a scié les mariés. Après tout, c'est mon grand jour à moi, rappelle-t-elle en souriant. Ma mère me demande si je lui ai écrit une chanson. Un discours suffirait aussi, puisque tu passes tellement de temps sur ton mémoire, concède-t-elle. Ma mère a l'air compréhensive. Tu peux préparer ça en un rien de temps, ma chérie, toi qui es si douée avec le langage, dit ma mère. Elle va dans la cuisine, revient et me tend une liste de quelques mots-clés rédigée par ses soins. Je sais que tu es très occupée, dit-elle. Je regarde le papier. Oui, ce sont juste quelques idées pour te lancer, explique ma mère, tu n'es pas obligée de tout utiliser, mais je trouve que tu devrais inclure l'épisode avec le chien. Je regarde à nouveau le papier. Les faits marquants de sa vie sont énumérés par ordre chronologique. En 1954, tu n'avais que trois ans, je proteste, je n'étais même pas encore née. Mais j'ai raconté cette histoire des centaines de fois, dit ma mère, celle de l'amande dans le riz au lait de Noël. J'acquiesce. Ma mère commence à raconter la fois où elle a trouvé l'amande. Elle avait quatre sœurs, et elles habitaient dans une ferme dans le Himmerland. Elle avait passé les trois premières années de sa vie à rêver de trouver l'amande dans le riz au lait de Noël… et de gagner le cadeau associé. Je recolle ma mère au milieu des roses avec un morceau d'argile. J'étais tellement habituée à tout partager avec mes sœurs, raconte ma mère, que la pensée d'avoir l'amande, et le cadeau, pour moi toute seule était la chose la plus merveilleuse que je pouvais imaginer. Oui, je crois que tu l'as déjà mentionné, je dis. Ma mère raconte comment elle a eu l'amande. Et c'était sans tricher, ma chérie, pas comme ton père qui met toujours l'amande dans ton bol. C'est un privilège d'enfant unique, dit ma mère. Je hoche la tête. Des langues-de-chat au chocolat, dit ma mère, rêveuse, que grand-mère avait achetées, c'était juste après la guerre, alors on n'avait pas beaucoup d'argent. Neuf ans après la guerre quand même, je précise. En tout cas, j'étais une petite fille très généreuse, dit ma mère. Alors tu as partagé les chocolats avec toute ta famille, et quand tu as eu terminé, la boîte était vide, je continue. Exactement, dit ma mère en souriant, tu vois, tu t'en souviens comme si tu avais été là. Tante Lise ne pourrait pas plutôt faire ce discours? je demande, ça semblerait plus authentique. Ma mère dit que je suis difficile, qu'elle essaye seulement de m'aider, et d'ailleurs elle trouve que cette histoire reflète parfaitement sa personnalité. Je regarde les autres points, il y a la Fille ensoleillée de l'année du nord du Jutland en 1970. Je croyais que tu avais triché au concours, je remarque, du moins c'est ce que dit tante Bente. N'importe quoi, elle est juste jalouse, rétorque ma mère, je ne me souviens pas d'avoir triché. La mémoire est un processus créatif qui repose sur la capacité à reproduire des situations, je dis, ce qui semble être un événement réel est en réalité une construction de l'esprit. C'est ce que j'ai dit à ta tante Bente, mais tu sais comment elle est quand elle a une idée en tête, répond ma mère. Je regarde sa note sur l'année de ma naissance. C'est là que je t'ai eue, dit ma mère, c'était le plus beau jour de ma vie. Je ne peux pas me lever devant tout le monde à ton anniversaire et dire que je suis la meilleure chose qui te soit arrivée dans ta vie, je proteste. Ne sois donc pas si modeste, dit ma mère, ça ne te mènera nulle part dans ce monde. Je lis le reste des points et je vois qu'ils continuent au verso. Il y a de quoi écrire tout un livre, je constate. C'est une autre possibilité, dit ma mère.

MONOLOGUES D'UN HIPPOCAMPE XII

Ma peau est recouverte d'un chaos de peintures invisibles. Un matin, je me suis demandé à quoi je ressemblerais si tes mains laissaient des traces. Si de tes doigts jaillissaient des traits ou des lignes en pointillé, des petits points qui formeraient des motifs sur mon corps. Je pense à ce que cela ferait si tous ceux qui m'ont déjà touchée, au lieu d'un numéro, d'un nom, ou d'un souvenir, avaient une couleur. Mon corps serait alors une peinture haute en couleur, je serais un arc-en-ciel de l'intime ambulant, une peinture acrylique de touchers. Je pense que je suis un tunnel recouvert de graffitis, que vous vous tenez tous dans ce tunnel, les mains pleines de bombes de peinture et que vous signez mes murs. Je me demande si, moi aussi, je me promène dans d'autres personnes, s'il y a un échange cosmique d'intimité. Tes doigts sur les touches du clavier, doucement, la peau rencontre l'ivoire, et la musique jaillit dans la pièce. La première fois, nous tremblions si fort toutes les deux que nos dents s'entrechoquaient. L'intensité était si inhabituelle que tout en nous nous précipitait vers l'autre. Ma main sur ton cou tremblait, mais ton cou tremblait aussi, et il était impossible d'estimer qui de nous occasionnait quelle réaction chez l'autre. Je te comprends comme une douleur fantôme, je sens la somme de tous tes pardons et le poids de ta résignation qui envahissent mon corps, tandis que je pense à des châteaux de cartes qui s'écroulent, à des ruines croulantes et à des châteaux en Espagne détruits. J'imagine que vous êtes des tatouages que vous avez insérés sous ma peau, des tatouages chaotiques allongés qui s'enroulent sur tout mon corps. Et je porte vos souvenirs, votre passé et votre enfance, car à l'intérieur de mon hippocampe, il y a des centaines d'autres hippocampes et je traîne derrière moi, chaque fois que je bouge, vos angoisses et vos éclats de rire accumulés.

CATALOGUE

Anuk Arudpragasam
Un passage vers le Nord
Traduit de l'anglais (Sri Lanka) par Dominique Vitalyos
2023

Christian Astolfi
De notre monde emporté
2022

Hanna Bervoets
Les choses que nous avons vues
Traduit du néerlandais par Noëlle Michel
2022

L'expérience Helena
Traduit du néerlandais par Anne-Laure Vignaux
2023

Paolo Giordano
Tasmania
Traduit de l'italien par Nathalie Bauer
2023

Jan Grue
Ma vie ressemble à la vôtre
Traduit du norvégien par Marina Heide
2023

Anna Hope
Le Rocher blanc
Traduit de l'anglais par Élodie Leplat
2022

Alice Kaplan
Maison Atlas
Traduit de l'anglais (États-Unis) par Patrick Hersant
2022

Semezdin Mehmedinović
Le matin où j'aurais dû mourir
Traduit du bosnien par Chloé Billon
2022

Noëlle Michel
Demain les ombres
2023

Touhfat Mouhtare
Le Feu du Milieu
2022

Sara Mychkine
De minuit à minuit
2023

Maude Nepveu-Villeneuve
Après Céleste
2023

Aslak Nore
Le Cimetière de la mer
Traduit du norvégien par Loup-Maëlle Besançon
2023

Boris Pétric
Château Pékin
2022

Stine Pilgaard
Le pays des phrases courtes
Traduit du danois par Catherine Renaud
2022

Anne Sénès
Chambre double
2023

Michèle Standjofski
Mona Corona
2023

Juan Tallón
Chef-d'œuvre
Traduit de l'espagnol par Anne Plantagenet
2023

Lisa Weeda
Le palais des Cosaques perdus
Traduit du néerlandais par Emmanuelle Tardif
2023

Sylvia Aguilar Zéleny
Poubelle
Traduit de l'espagnol (Mexique) par Julia Chardavoine
2023

Pour en savoir plus sur nos publications
et suivre notre actualité,
vous pouvez consulter notre site Internet
www.lebruitdumonde.com

#lisez! engagé
www.lisez.com
Pour plus d'information :
Imprimé sur du papier issu de forêts gérées durablement.

Ouvrage réalisé par Cursives à Paris

Achevé d'imprimer par
Normandie Roto Impression s.a.s.
N° d'édition : M20670/01
N° d'impression : 2302694
Imprimé en France